ぼくたちのリメイク

著者：木緒なち ｜ イラスト：えれっと

Remake our Life!
Let's time-travel to 10 years ago
and reenjoy creative
and sweet youthful days.

「おかえりなさい」

Volume
12

「では、橋場に代わりまして、共同企画者であるわたし、
河瀬川英子が企画の説明を執り行います」
《
◇

（ああ、もう！　橋場！
さっさと来なさいよ!!）

「変わってないよ。
ずっと変わってなかったよ」

キャラクター紹介
鹿苑寺 貫之
（ろくおんじ・つらゆき）
橋場 恭也
（はしば・きょうや）
小暮 奈々子
（こぐれ・ななこ）

河瀬川 英子
（かわせがわ·えいこ）
茉平 康
（まつひら·こう）
AKI SHINO
志野 亜貴
（しの·あき）

Chapter	Content	Page
プロローグ	2016・1	011
第1章	1996	018
第2章	2016・2	102
第3章	2016・3	140
第4章	2017	192
第5章	2020	274
エピローグ	2023	312

ぼくたちのリメイク Volume 12

Remake our Life!
Let's time-travel to 10 years ago and reenjoy creative and sweet youthful days.

「おかえりなさい」

もくじ

Contents

ぼくたちのリメイク12
「おかえりなさい」

木緒なち

口絵・本文イラスト●えれっと

未来として見れば、はるか遠くに。

過去として見れば、昨日のように。

10年という時間を捉えるとき、僕はいつもそのように思う。すべてのことが一変しているのではないかと思えるぐらい遠い未来の10年に対し、振り返る10年は、手の届くようなすぐ過去のことばかりだ。


神様の、そして運命のいたずらによって、僕はその10年をやり直すことになった。

最初の1年は、ただ走りぬけた。

2年目は、道を探し続けた。

3年目は、目指す先を見つけたように思えた。

そして4年目。僕はクリエイティブの道に進むのをあきらめた。

そこから6年。ただ一心に歩き続けた先に、突然分かれ道が生まれた。

もう再び戻ることはないと思っていた場所。そこからの誘いだった。

迷いに迷い、自問自答して出した結論。僕はまた、元の道へと戻ることを決めた。

正しいかなんてわからない。人の道を違わずにいられるのかもわからない。

だけど、そこには僕の大好きな人たちがいて、懸命に走り続けていた。そんな彼らの作った、素晴らしい作品たちがあった。

だからもう、疑うことはなかったんだ。


10年のやり直しは、最終盤を迎えている。

真っ暗な闇に包まれた、立川の自宅。1つだけ点いているデスクライトの光に、彼女の姿が薄く照らされている。
登美丘罫子。通称、ケーコさん。僕のこのやり直し人生においてただ1人だけ、たぶんすべての真相を知っている人だ。
なぜ「たぶん」なのか。それは僕が、彼女と会っていたことも、そしてその存在すらも、この数分前まで忘れていたからだ。
だけど、その顔を見た瞬間に、僕は記憶を取り戻した。

撮影の手伝いをしている現場で出会ったきっかけも、同人ゲーム制作において何度も助けてもらったことも、大雨の中、絶望に打ちひしがれていたときに、遠い場所へと誘ったことも、そして——そのあり得たかもしれない未来の場所で、再び大学生活に戻してもらったことも。

絶対に忘れるはずのない体験ばかりなのに、僕はその記憶を失っていた。だけど、顔を見た瞬間にそれらが一気に戻ってきた。

ゲーム機にロムカセットを差し込んだときのように、オンとオフが切り替わった。にわかには信じられないことだった。時間を操る力といい、おそらくは僕の持っている知識で説明できるような存在ではないのだろう。

時間を超越する、特別な存在。

「ケーコさんは……その」

色々と聞きたいことがあった。ありすぎるぐらいにあった。

質問を吟味し、何を最初に聞こうか考えた。

あなたの正体は？　どんな目的ですか？　どうして僕は10年前に戻ったんですか？

だけど、僕のそんな逡巡(しゅんじゅん)を彼方(かなた)にすっ飛ばすように、

「おなか空(す)いたわ、橋場(はしば)くん」

突然の空腹宣言が飛び出した。

「えっ？」

「最近働きづめやったから、おなか空いてん。何か食べに行こ。話するにしてもそっからの方がええわ」

言われた言葉に、脳が混乱する。

「いやあの、この空気のこの流れって、その、ケーコさんが僕に世界の真相を話したり、目的を打ち明けたりとか、そういうとこじゃ」

しどろもどろになる僕を、ケーコさんはケラケラと笑って、

「そんなテンプレ通りにはいかへんて、君がいちばんようわかっとるやんか」

ポンポンと僕の背中を叩いた。

「やり直しの分も含めたら38年分、グルメ情報たくさん持ってんねんやろ？」

「そら、まあ」

うっかり関西弁がうつってしまった。というか38年分て。しっかり10年足しているあたり、ケーコさんらしい意地悪さだ。

「じゃあ深夜営業のラーメン屋にでもつれてってや。そこで話そ」

言うが早いか、彼女は玄関に走って行って、靴をはき始めた。というかそもそも、どこから入ってきたんだってとこから聞かなきゃいけないレベルなんだけど。

（まあ……ケーコさんらしいか）

大学生活を思い出して、思わず苦笑した。彼女にはずっと振り回されてきた。きっと最後の最後まで、振り回されるのだろう。

「家系、好きですか？」

「亜流も含めて、結構通い詰めてるで」

これは店のチョイスが大変そうだ。

◆

加納美早紀は、自宅で酒を飲んでいた。

対外的なイメージ通り、彼女は酒豪だった。浴びるほど飲んでも、顔に出ることもなくケロッとしていた。

しかし、最近になって少しばかり酒量が減った。酔いが翌日に残るようになり、体調を考慮して自ら減らしたのだ。

「認めたくないけど、そういうものよね」

苦笑しながら、ハイボールを片手に映画を観ていた。最近は、90年代後半の作品を多く観るようになった。

学生時代の想い出の作品だ。みんなで集まって観たり、1人で観たり。映画には、その観たときの思い出もセットで付いてくる。昔を懐かしむようなことは当面したくなかったけど、映画を観ることで自然と思い出された。

「しかたないよね、これは」

自分で言い訳をして、笑ってしまう。こういうのは、もっとおばあちゃんになってからすればいいことだ。エンタメに関わる以上、新しいものに触れろ。学生に教えている自分が、率先して禁を破っては話にならない。

だけど、こうしてダラダラとお酒を飲んでいるときぐらいは、その禁に触れてもいいだろうと、最近は思うようになった。

「20年、か」

ほんの昨日のように思い出される。

時間は不思議だ。はるか遠くのことなのに、手が届くほど近いようにも思えてしまう。だけどその時間は、もう決して戻ることはない。

目の前の画面には、当時から大好きだった映画が映し出されている。東京と沖縄を舞台にした作品で、鮮やかな自然と、登場人物たちがあっけなく次々死んでいく様の、その対比がとても儚くて美しくて、何度もくり返し観ている作品だ。

入学当時、公開してまだ間もなかったその映画を、みんなでよく語り合った。大学にはそういう仲間がいた。

しかし5年経ち、10年が経つと、夢は次第に覚めていく。学生が入学する際、私が必ず話すリアルの話。夢を叶えた人間が学年でも数人しかいないという事実。それは私の学年においても、まったくもって同じだった。

その後は、みんなそれぞれの人生を歩む。一般の職業に就いている者もいれば、未だにずっと夢を追いかけている者もいる。

だけど1つ、言えることがある。途中で道を違えるもの、方向を変える者はほとんどいないということだ。

だから橋場が訪ねてきて決意を聞いたとき、私は正直うれしかった。安定を捨て去ってまでクリエイティブに生きるその姿が、まぶしく映った。

私が思うよりもずっと、彼は考え、悩んできたはずだ。その結論が自身の変革だったのなら、もはや言うことは何もなかった。

「やり直した人生で、何か見えたか、橋場?」

決して聞けない、だけど聞きたかったことだった。

20年前から始まった物語。その結末は、どこに落着するのだろうか。

答えはきっと、彼が見せてくれるはずだ。

彼女もそう、言っていたから。

１９９６年、夏。

薄曇りの空模様の中、私、河瀬川美早紀は大中芸術大学の７号館へ向かっていた。

ガラス製の重い扉を開け、薄暗い廊下を抜けてエレベーターで３階まで登り、映像学科研究室の入口脇にある掲示板を確認する。

大きく貼り出されていた紙に、学生たちが次々と目を遣り、そしてあっという間に散っていく。ようやく前の学生が捌けたので、掲示板に顔を寄せて内容の確認をした。

「――休講、か」

ワープロで打ち出した、大きな赤文字で示されたお知らせ。一気にガックリと力が抜けた私は、大きなため息と共に、そのままベランダへと出た。

学生たちのたまり場になっていたその場所は、喫煙ＯＫのスペースだった。タバコの煙で薄く曇る中、私は端の方へと腰を下ろした。煙の届かないところで小さく呼吸をしながら、何ともなく学生たちの話を聞いていた。

他愛もない、くだらないという一言で片付けられる程度の話だった。休講で空き時間ができたから飲みに行こうぜとか、電車で心斎橋まで出て服を見ようとか、すべて余暇や遊興に全振りしている様子だ。少なくとも芸術に関わる話をしているとは到底思えない。芸術大学の映像学科であることに、何の意味も見いだせない空間だった。

再び、今度は大きめのため息を宙に放つ。

「なんで、来ちゃったんだろ」

ずっと昔から、映画が好きだった。父親がそういう仕事をしていることもあって、家には昔から、映画のビデオテープが山とあった。わかりもしないのに古典の洋画や邦画を観ては、その台詞回しを真似したりする、ませた子供だった。

高校に入るころには、映像に関わる仕事をしてみたいと思うようになった。そして大芸大の存在を知り、関西に住んでいるのだからと進学を決めた。

ＯＢ、ＯＧに恵まれて機材も揃っている。何より、ここには志を同じくした学生が多いはずだ。高校の頃はひとりぼっちだった私も、初めて友達ができるかもしれない。

「そう、思ったんだけど」

目を閉じて、小さくつぶやく。

たしかに真面目に取り組んでいる学生もいた。だけど大半はそうではなかった。専攻の授業ですらサボりまくる連中に、私はつくづく嫌気が差していた。

しかも不運なことに、学生番号順で分けられたチームにはその手の輩が多数含まれていた。その結果、私は1回生にして孤立し、居場所をなくしたのだった。

「でもまあ、私のせいでもあるか、これは」

自分でも、性格が良くないのはわかっている。一言多いのも知っている。それが原因で、中学高校と友達がいなかったのも事実だ。

10歳離れている妹からも、お姉ちゃんは恐(こわ)いと言われて寄りつかれない。叩(たた)いたりつねったり暴言を吐いたりしたわけでもないのに、だ。

改めて、自分の格好を見てみる。格好だけは一丁前に派手な芸大生の中にあって、わたしは髪を染めてもいなければ小洒落(こじゃれ)たカットをしているわけでもなく、ただ伸ばしただけの長い髪にフチの大きな野暮(やぼ)ったいメガネをかけ、服装も黒のパーカーに長めのデニムスカートという、地味&地味な風貌だった。

性格に難がある上に、外見的な魅力もない。好意的に言及する点がない。

つまりは、そういう人間なのだろう、私は。

「時間、早く過ぎないかな」

目を閉じて、不快な風景を見ないようにする。こうやって無為に過ごしている時間は、とにかく過ぎるのが遅い。今日は2コマ分の授業が空いたので、3時間も潰さなくてはいけない。

どこへ行っても1人で、何をしても1人。私はこれからもずっと、こうして過ごしていく運命にあるのかもしれない。

ド田舎の芸大に入り、休講の暇つぶしに苦心し、そしてきっと、何も成さないままに卒業していく。志が低いとののしった彼らの方が、結果的にはいい生活をするのかもしれない。

ゆるい絶望にひたりながら、天から地球滅びろビームでも降ってこないかなと、今まさにカタストロフィに包まれようとする世界を妄想していた。あまりに勝手すぎる妄想の割には、自分だけちゃっかりと生き残る算段だったのだが。

ビームが地球へと到達しようとするまさにその瞬間、

「なーんか、ヒマそうにしとるなあ！」

「ひっ！」

いきなり、とんでもない音量で声を浴びせかけられた。

ビクッとした。目を閉じていたから、前に誰かが来たことも気づいていなかったし、突然、声をかけられたのも驚きだった。

おそるおそる、目を開けてみると、

「お、寝とったんとちゃうんか。そんでよう見たらかわいい顔しとるし、彼氏でも待っとったんか？」

すごい人が目の前にいた。

背はスラッと高かった。１７０センチ以上あるだろうか。顔も、キリッとした美人タイプで、だけどニマッと笑った顔がかわいさも含んでて魅力的だ。芸大にはきれいな人が多かったけれど、その中でも際だって目立つ美人だった。

だけどその高身長よりも美貌よりも、左右でくくった長い髪の毛がとても目立った。

「ピンクだ……」

根元から先まで、見事にピンク色だったのだ。

「あ、これな？　いやほら、こういうガッコやと、ちょっとイキってるぐらいの方がちょうどええって思うやん？　それでな、美術学科のユーちゃん、言うてもわからんか、その子が髪染めんのめっちゃうまいって聞いてな、こないだやってもろてん。ええやろ？」

1つの言葉に対して3行も返事が届いた。なんなんだこの人は。

大芸大（だいげいだい）の映像学科は、全体的に奇抜な格好の人が多かった。ピンクや緑といった髪色の人もいた。しかし、学科の先輩や同級生を思い出してみても、私はこの人に見覚えがなかった。これほど親しげに話しかけられているのに、だ。

まあ、大芸大に限らず、関西圏のコミュニケーションというのは土足踏み込みベースでやってくることが多い。だから、この人も初対面の私に対して、いきなりそういった接触をしてきた可能性もある。

学科の先輩なのか。何回生なのか。どこかのサークルにいる人なのか。もしくはもっと怪しげな団体に所属しているのか。

あれこれと湧いてきた疑問を押しのけ、最も重要と思われる1つにまとめた。

「それで、あの……何のご用ですか？」

何の目的もなく、初対面の人間にいきなり話しかけることはそうそうない。ましてや、こんな私と対照的な雰囲気のお姉さんは、だ。

「せやせや、それを話さなあかんわな」

お姉さんは、納得という感じで「うん」と大きくうなずくと、

「ちょーっと、手伝って欲しいことあんねんけど、今時間ある？」

「え、今ですか？」

こんな流れでこんなことを言われて、素直に応じられるわけがない。

なので最大級の怪訝（けげん）を顔に浮かべながら返事をしたところ、

「ははっ、そんな警戒せんでも、まずは話だけでも聞いてもらえへんか？」

「うーん、まあ、い、いいですけど……」

あまりに唐突な提案だったけど、実際に私は時間を持て余していたし、話を聞く余裕があったのも事実だった。こんな暇そうにしていながら、今忙しいんですけどとはさすがに答えにくい。

「じゃあ、2食でお茶しよ！　心配せんでもおごったるさかい、な」

2食というのは、学生食堂である第2食堂のことだ。7号館からは目と鼻の先で、その

ため学生がミーティングや時間つぶしを目的としてたむろすることも多い。

そして目的そのものは話さなかったものの、手伝いという以上、どうやら、何かしらの勧誘であるらしいことはわかった。

(本命・怪しげなバイトの勧誘、対抗・マルチ、大穴・宗教……ってとこかな)

ものをよく知らない大学生を、だまして陥れる話は多い。具体的なことは何も出てきていないけれど、これもまたその手の話なのだろうか。

(まあ、行くだけ行ってみて、雲行きが怪しくなったら逃げるか)

下宿とかサークル棟とか、逃げにくいところだと厳しいけど、2食なら開放されているので問題なさそうだ。

「わかりました、じゃあ付いていきます。どうせ暇ですし」

3時間の暇つぶし。仮に何かの神様について話を聞くとしても、このお姉さんの信じるものには少し興味がある。って、もう勝手にその手の勧誘にしちゃってるけど。

「おっしゃ、じゃあ行こか！」

お姉さんは威勢よく歩き出そうとして、

「あ、せや」

クルッと振り返ると、

「そういや、自己紹介がまだやったな」

言われて気づいた。そういえば、このお姉さんの名前を私は知らなかった。

見た目の派手さとは裏腹に、関西のおばちゃんを忠実に移植したようなしゃべり方とノリの良さ。親が東京(とうきょう)出身ということもあって、方言がほとんど出ない私からしてみれば、まさに絵に描いたような関西人に見えた。

きっと、バチバチに関西のおばちゃんぽい名前を言ってくれるに違いないと、知っている女性漫才師の名前をいくつか頭に思い描いたところで、
お姉さんは姿勢を正すと、意外な程にきれいなお辞儀をして、

「茉平澪(まつひらみお)、美術学科の学生や。以後よろしゅうに」

意外なほどきれいな名前を、私に伝えてくれたのだった。

2食へ着くやいなや、澪さんは自販機に向かって、いちばん安くて味のしないコーヒーを2つ買うと、その1つを私の前にポンと置いた。
そして自分のを早速口に放り込むと、
「あっつ!!」
舌を火傷(やけど)したのか、しかめっ面をして顔を左右に振り始めた。

（……何なんだ、この人）

基本、オーバーアクション&リアクションで、無駄なく行動する、ということができなそうな感じがあふれ返っている。それに加えて、ハッとするぐらいの美人でスタイルも姿勢もいいから、フィクションに出てくるキャラクターみたいな、現実離れした空気が漂っていた。

2食までの道すがら、茉平澪さんは、自身に関することを色々と教えてくれた。美術学科では日本画を学んでいたけれど、閉鎖的な空気を嫌って独学でCGを学び、デジタルアートの世界にどっぷり浸かっていること、課題をほとんど出さず自分の創作ばかりに打ち込んだ結果、留年を重ねてなんと7回生であること、それに加えて2浪しているため、現在なんと27歳であることなど、わずか1～2分の間に濃すぎるプロフィールを知ることになった。

そんな全方位的に派手な人が、地味極まりない私みたいなのを捕まえて、何をしようというのだろうか。やっぱり騙すつもりなんだろうか。「わたしも昔はあなたみたいに地味だったけど、○○に入ってからはこんなに明るくなって」てな感じで。

（そこまで露骨じゃないか）

とりあえず、何を言うのかしっかり見ていこう。人はそんなに好きじゃないけど、人間観察は好きな方だし。

どうやら火傷の痛みが治まったようで、澪さんは表情を元に戻すと、

「ふー、あっついわ！　でもまあ、ぬるいコーヒーほどまずいもんもないし、これぐらい熱い方が商品として成り立ってるわな〜」

「そんなものですか」

私は特にコーヒーにこだわりがなかったので、澪さんの話を適当に聞き流した。

「せやで、ていうか世にあふれてるもんなんて、熱いか熱くないかの2択しかないもんや。で、熱いものの方が圧倒的に売れるんや」

そういうものかもしれない。質はともかくとして、熱いか熱くないかが売れる基準というのは、私にも理解できる話だった。

（クソ親父がそんなこと言ってたな、そういや）

映画監督にしてプロデューサー、名前が通ってなければ詐欺師、山師の類にしか思えない父親が、何かにつけ語っていたのも、熱量がどうとかいう話だった。

澪さんは「さあて」と言って、ポケットから出したタバコに火を付けた。そして一吸いしフーッと煙を吐き出すと、

「で、早速話に移るんやけど、美早紀ちゃんはあれか、映像学科生か？」

「はい、まあ。1回生ですけど」

まだ映像を学び始めて1ヶ月、素人に生える毛も1ミリぐらいだけど、映像学科生であ

ることは間違いなかった。

「よかったよかった、なら安心や」

安心？　いったい何がだろう。

疑問に思う私が口にするより先に、澪さんは言葉を繋いできた。

「わたしらの作ってるもん、手伝ってみいひん？」

元気いっぱいにして、あまりにも気軽なトーンだった。そこにある段ボール箱、ちょっとどかすの手伝って、ぐらいのノリだ。

「作ってるもんって……なんです？」

まずはそれを聞かなければ話にならない。この段階で了承してついていったら、押し入れで謎の植物を大量に育てていました、なんてオチは勘弁だ。

「ゲームや、ゲーム。同人ゲームを作ってんねん」

幸いなことに法に触れるようなものではなかったけれど、怪しさで言えばそこそこ渡り合えるような、聞いたこともないものが出てきた。

「どうじん、ゲーム？」

生まれて初めて聞く単語だった。

ゲーム、というのはファミコンとかＰＳとかのアレだろうか。

私はあまりゲームというものに触れてこなかった。周りにいた男子は、それはもう夢中になって触っていたけど、私は映画や小説に全振りしていたこともあって、そもそもゲーム機も持っていなかったし、作品名も数作知っているぐらいだった。

あまりにも未知過ぎる世界だったので、

「なんですか、それ？」

素直に質問を返した。

「同人ゲームっていうのはな、企業じゃないサークルや個人の作ったゲームのことや。同人誌とか、インディーズの音楽とかあの系統やな。その説明ならわかるやろ？」

コクリとうなずいた。

「細かい説明は……まあ、やりながらすればええか。それで君にお願いしたいのはやな」

ここからくわしい話があるのかと思いきや、もう受けた体で話が進みだした。

「あ、あのっ？」

この何も知らない状態から、なし崩しで進められたらたまったものじゃない。

「どないかしたんか？」

当の澪（みお）さんは、なんでこのタイミングで口を挟むんや、ぐらいのトーンだ。

「私、まだお手伝いするって決めたわけじゃないんですけど」

「え、嫌なんか？　ちゃんとバイト代も出すし、授業休んで来いっていうわけでもないんやで？」

「いやそういうことじゃなくて……」

そもそもの論点からズレてて頭を抱える。

普通、ちゃんと本人の同意得てからにするでしょ、こういうことは。

「その、私そもそも、同人ゲームはもちろん、テレビゲームのこととか興味がない上に全然知りませんし、それでお手伝いとか言われても、何もできないかなって」

受ける受けない以前の問題で、まずそこを言っておきたかった。

何をするにしても、誰だって最初は素人だ。それが経験を重ねていくにつれ、次第に仕事ができるようになっていくのであって、だからどんな仕事においても、見習い期間、試用期間というものがある。

でもそれ以前のこととして、まず興味を持っているかどうかは大切な要素だ。意欲があって初めて、ズブの素人が現場に出る資格が得られるのだと思う。

私には、少なくともゲーム制作の現場において、その資格を得ているとは思えなかった。うっすら聞いたことのある、マレオとゾルダの区別もついていないような、そして積極的に知ろうともしないような人間は、近寄ることすら失礼にあたる。

仮にも芸術の名を冠する大学に来たのだから、ジャンルに対する敬意は最低限持っていたい。だから私は、安請け合いはできないと考えていた。

なのに、

「ええんちゃう？　やってたら興味が出てくわしくなるかもしれんし」

私のそんな崇高な思いを、澪さんは一瞬で吹き飛ばした。

「そんな雑な！」

「知らんことなんて、最初はそんなもんやで。それに、こういう機会でもないと、君はたぶんこれから先、ゲームってもんに絶対さわらへん気がするわ」

「うっ……」

一瞬、言葉に詰まった。その通りだと思ったからだ。

「それにな、わたしは君にゲームの知識を求めてるんと違うねん」

「え？」

どういうことなのだろう。ゲーム制作の手伝いをするからには、当然のようにその知識が必要になると思うんだけど。

「ゲームってな、めっちゃ過渡期にあんねん。8ビット……っていうとわかりにくいか、ファミコンでやってたころは容量も少ないしできることも限られてたから、そら専門知識も必要やったし、思い通りにできんこともたくさんあった」

「今は、違うんですか？」

「今っていうか、これからやな。64ビットの次世代機が出てきて、2Dが3Dになって、表現の仕方が一気に広がった。容量も増えて、これまでゲームに関わったことのない人が、大勢こっちの世界に来るようになってん」

「へえ……」

雑誌で読んだ記事で、たしかにチラッとそんなことを読んだ気がするけど、そこまで大きな変化になっていたとは知らなかった。

「でもな」

澪さんは、そこでズイッと近づくと、

「個人的には、もっと大きな変化の起きる世界があると思ってんねん」

「大きな変化……」

「そう。それが、パソコンゲーム、特に同人の世界なんや！」

目をキラキラさせながら、熱い口調で語る澪さん。

私はただ、圧倒されながら聞いているだけだった。

「専門的なプログラムを組んでドットの絵を動かすのがゲームとされてた時代から、きれいな1枚絵を簡単なスクリプトを組んで、音楽と共に表示していく、そういうのもゲームとして認知されるようになってきたんや」

私の抱いていたゲームのイメージとは、まるで異なるものだった。

表示されたキャラクターを、コントローラーを使ってせわしなく動かす。私のイメージでは、ゲームとはそういうものだった。

しかし澪さんの話を受け取れば、紙芝居にセリフや音楽のついた超豪華版みたいなのも、ゲームと呼ばれる世の中になっているらしい。

「だから、絵をどうやって出すんかとか、間をどう取るんか、レイアウトは、音楽は、っていうこれまでと違った知識を求められるようになったんや」

ハッとした。そこまで含めての話になるのなら、これはまさに……。

「つまり、映像の知識、カット割りやタイミング、総じて演出の役割が必要だと……」

答えた私の両肩を、澪さんはバシーンと叩いた。

「そういうことや！　だから映像学科におる君に声かけてん！」

あまり人の居ない食堂に、澪さんのよく通る声が大きく響いた。

（なるほど、それなら私に手伝えることもあるかもしれない）

自分で言うのもなんだけど、同級生の中では、映像演出の知識はある方だと思う。アニメ・実写にかかわらず、話題になっている映画やドラマはひとまず目を通してきたし、特徴的と言われる演出技法なども頭に入っている。

それに、未知の分野について興味も出てきた。正直言って、ゲームの世界を知らなすぎたし、澪さんの言うように今後業界が進化していくとしたら、このジャンルは高い確率で、映像の世界と融合していくだろう。

（まあ、これもまた縁……なのかも）

大学に絶望し、これからどうしようって考え始めたとき、突然声をかけられた。神様という存在がもしいるのなら、イベントを配置するポイントとして最適に思える。

こんなにもわかりやすい、きっかけというのもそうそうないだろう。

「わかりました、お役に立てるかわかりませんが、やります」

澪さんは、声をかけたときと同じくニマッと笑って、

「そう言ってくれると信じとったで」

満足そうに言うと、手に持ったタバコをおいしそうに吸い、そして煙を大きく上へと吐いた。ゆらゆらと、白い煙が天井へと吸い込まれていった。

こうして私は、同人ゲーム制作の世界に入ることとなった。

それがいずれ、大きく人生を動かすことになる選択とも知らずに。

◇

「というわけで、ここが開発室や」

澪さんに連れられて、大学から徒歩5分の学生アパートにやってきた。男子専用で同級生にも住人がいると聞いていたところだったけど、女子は1人で来ない方がいい、と噂(うわさ)されるほどの『魔窟』とされていた。

「おじゃましま……うっ」

ドアを開けて早々、その噂が正しいことを知った。

万年床らしい布団、食べた後に放置してあるカップラーメンの器、ゴミ箱代わりの段ボール箱、散乱する雑誌、見えない床。ある程度覚悟はしていたものの、思わず声を失うぐらいの散乱ぶりだった。

間取りは2Kで、玄関とキッチンがいっしょになっていた。手前のスペースに生活の要素がまとめられているところを見ると、奥の部屋が開発室、ということなのだろう。

「ただいま～。映像学科の学生ちゃん、誘ってきたで。ピッチピチの1回生や！」

澪さんがそう言いながら、慣れた手つきでキッチンのゴミをささっと片付けていった。

そうして作られた道を、後からおそるおそるついていく。

2つの部屋の間は、引き戸でさえぎられていた。半分ほど開いたままだったそこから、まず、私が顔だけ出した。

「は、はじめまして……」

意外にも、開発スペースはそこそこきれいに片付いていた。学生アパートにはめずらしく、新しめのエアコンが壁に設置されていて、冷風を部屋中に送り込んでいた。

部屋の中央には大きめの机がドンと置いてあって、その上にはパソコンがモニターと共に2台ずつ並んでいる。その前には、2人の男性が向かい合って座っていた。

「紹介するわな」

澪さんがそう言って、奥に座っている男性2人を順に指さした。

「こっちの、窓側に座ってるのが堀井くん。君と同じ映像の1回生や」

言われて、呼ばれた男性が立ち上がった。

「堀井です。河瀬川さんだよね、学科のオリエンテーションで見かけたの、覚えてる」

どうやら彼は、私のことを知っているようだった。

「あ、河瀬川です、どうも……」

大変失礼なことだけど、私は彼の記憶がなかった。同級生だけで150人近くいるのだから、入学間もない今だとどうしても認識の差が出る。

堀井くんは、ちょっとぽっちゃり気味の体型に、笑顔のかわいらしい感じの、まだあどけなさの残る男性、いや男子って感じだった。四方どこから見てもまん丸の顔と頭が、どことなくタコ焼きを連想させた。

「で、こっちのいかついおっちゃんが、ターくんな」

「た、ターくんさん、ですか」

子供に付けられるような愛称で呼ばれたその人は、こっちは男子とはとても言いがたい雰囲気だった。痩せ型で背が高く、険しい表情が印象的な男性だった。

澪さんは「おっちゃん」と呼んだけど、どう見てもそういう年には見えなかった。ただ、大学生と言うにはちょっと無理がありそうだから、おそらくは澪さんと同い年か、ちょっと上なのかなと思われた。

少し神経質な雰囲気をまとっていたけれど、澪さんと同様に、めちゃくちゃ容姿の整った人だった。

ちょっと古い言葉だと醤油顔というのだろうか、歌舞伎役者さんのような端正な顔立ちが印象的だ。大芸大の卒業生なのだとしたら、舞台芸術とか音楽とか、毛色の違うところの出身なのかもしれない。

(何者なんだろう、この人)

どう挨拶したものか、私が少々戸惑っていると、

「……忠広」

口を開くと、その一言だけ告げられた。

「はい？」

「名前……呼ぶときもそれで」

「え、あ、はい……」

そう言って頭を下げた。どうも相当に口下手な人らしい。

ターくん、というのは忠広という名前から来たのだとわかったけれど、まさか明らかに年上の男性を呼び捨てにするわけにもいかないので、

（忠広さん、でいいかな……）

なんで名字じゃなく、名前なのかわからなかったけど、それを聞く空気でもなかったので、ひとまずは納得することにした。

「はい、じゃあ自己紹介タイム終わり！　早速、お手伝いの内容を説明するわな～」

変わらず元気のいい澪さんの声とは対照的に、私は小さくうなずいたのだった。

（大丈夫なのか、このバイト先）

澪さんに言い含められてついて来ちゃったけど、不安しかない初日だった。

そして1ヶ月後。

すぐに辞めるだろうと思っていた私は、意外にもまだ、このバイト先にいた。歩く度にギシギシとマンガみたいに軋む廊下を歩いて、その最も奥にあるドアをノックした。

「お疲れさまです」

「よ、お疲れ！」

挨拶すると、奥から澪さんの声が元気よく聞こえてきた。靴を脱いで開発室へ進むと、澪さんと堀井くんの2人が、作業の手を止めて談笑中だった。

そして、いるはずのもう1人のスタッフが、そこにいなかった。

「あれ、今日って忠広さんは」

「シナリオ詰まっててな、喫茶店で書いてくるって言うとったわ」

「なるほど……」

納得して、自分の席へと腰を下ろした。

4人の担当パートは、次のように分けられていた。忠広さんは企画とシナリオ、堀井くんはプログラム、私は演出全般とスクリプト、そして澪さんはイラスト全般、といった具合だ。

ゲーム制作、特に今私たちが作っているノベルゲームにおいて、シナリオのパートは土台にあたる部分だ。絵を描くのも演出を入れるのも、それがなければ進めようがない。

とはいえ、シナリオは0から1を生み出す作業であり、時間を決めたらその中で必ずできるというものでもない。だから、こういう「待ち」の時間も発生する。

「ま、そういうわけやから、ミーちゃんはレイアウトをばんばん切ってもろて、わたしに発注していってもらえるかな？　ターくんにプレッシャー与えるためにも、な」

「は、はい、わかりました」

澪さんから言われ、大きくうなずいて返事をする。

レイアウトというのは、この制作チームにおいてはイラストの指示出しのような仕事だった。シナリオを読み込み、演出で1枚絵を表示するシーンを切り取って、適切なイラストの仕様を書き、発注する。プレイヤーの印象を左右することになる、重要な役割だ。

とはいえ、私は不安でしょうがなかった。

くり返すけど、私はゲーム制作において素人の中の素人だ。澪さんにレクチャーを受けて最低限の知識は得たものの、まだまだ、勘所を理解しているとは言いがたい。

とにかく、様々なゲームをプレイしてトーンを確認しつつ、なんとか自分なりの考えを入れてレイアウトをしているけど、それが正解なのかどうかはわからない。

「うん、ええやんか！　ここでちゃんと引きの絵を入れた方が、状況の説明にもなるしわかりやすいな、さすがはミーちゃんやな！」

それなのに澪さんは、とにかくわたしを褒めてくれた。

「わたしがレイアウト切ると、どうしてもベタッとした、広がりのないものになりがちなんやけど、ミーちゃんは映像の知識があるから、立体的に構成を考えてくれるし、めっちゃ助かるわ！」

しかも、ただ闇雲に褒めるのではなく、どう、いいのかをきちんと言ってくれた。いろんな映像作品を観(み)てきたことが、役に立ったのだと嬉(うれ)しくなった。

とはいえ、それでも不安は残る。無理して褒めてくれたんじゃないかって。

「あの、ほんとにこれでいいんですか？　まずいところ、言ってもらえたら私直しますから、その」

「心配せんでええって、本当にあかんかったら言うから～」

そう言ってくれるけど、実際にＮＧが出たことはほぼなかった。

もちろん、わたしだって必死に考えているし、澪さんに見せる前に堀井くんに確認したりして、なるべく事故らないように心がけている。

でも、やってることは正直プロとは言えない。同人だからいいんじゃね、と言われたらそれまでなんだけど、そう言えない大きな理由が、私にはあった。

（澪さんの絵、すごいんだもの）

この現場に入ってもっとも衝撃を受けたもの。それは、開発室の汚さでも初めて触れるゲーム制作の環境でもなく、澪さんの描く絵だった。

いわゆるオタク系のイラストの中にあって、明らかに異彩を放つものだった。市販品を含めた他の作品が、比較的デフォルメされたものかリアル派かの二極にある中で、明確に違う方を向いていた。

とてもかわいくて魅力的なのに、わかりやすい媚びがない、とでも言うのだろうか。リアルに存在するかもというギリギリのラインを、踏み越えず夢の中に居続ける、そんな不思議な絵柄だった。

そっち方面に強い堀井くんいわく「進化の過程を何段階か飛ばした未来の絵」らしい。

実際、いくつかの出版社やゲーム会社から声をかけられているらしく、それぐらい、絵柄も塗りもデザインも、どこか違う次元にいた。

「それに比べて……」

自分の仕事と言えば、まだまだ澪さんのクオリティに追いついていなかった。より魅力的な構図、というものを自覚できていないし、演出にしたって、イラストの力を引き出せているとはとても思えなかった。

（澪さんにやる気を出してもらって、続けていられるようなものね）

褒め上手のムードメーカーにして、天才的な技巧を持つイラストレーター。このチームは彼女を中心に回っているのだと、今さらにして気づかされた。

レイアウトの作業を進めながら、チラッと横目で澪さんを見る。

タバコをくわえながら、スイスイと楽しげに描き進めていく澪さんの姿は、正直言ってとても格好良かった。

澪さんは、仕事の内容もさることながら、その進め方も超人めいていた。

メシ食ってる時間が惜しいねん、と言いながらご飯はほとんどゼリー飲料だったし、いつ寝てるのかわからないぐらい、ほとんど常時何かしらの絵を描いていた。芸大生は喫煙者が比較的多かったけれど、澪さんのタバコの吸い方は豪快かつ格好良くて、その容姿も伴ってスクリーンから出てきたような雰囲気があった。

そして何よりも、絵を描くのが本当に好きなようだった。苦しげに絵を描いているところを、私は一瞬たりとも見たことがなかった。

（うさんくさいお姉さんだと思ってたのに、な）

1ヶ月前、いぶかしげな目で見つめていた相手は、いつしか尊敬する対象へと変わり始めていた。

でも、このときの私は、まだ何もわかっていなかった。

澪（みお）さんはもっととんでもない、計り知れない人だということを。

数日後。私はその日、授業が立て込んでしまっていて、開発室へ行くのがちょっと遅れていた。あくまでも学校優先でいいよ、と澪さんからは言われていたけど、この頃にはもう、ゲーム制作の方がおもしろくなり始めていて、私の中での優先度はかなりそっちに傾き始めていたところだった。

「もうみんな始めてる頃よね……ん？」

急ぎ足で学生アパートへ駆け込むと、中庭の所で1人の男の子の姿が目に留まった。

ジュースの自動販売機にもたれかかるようにして、何かのゲームを夢中でプレイしている様子だった。

　こちらにはまったく気づかないようだったけど、私が開発室へ向かって歩いていたら、ゲームを一時停止させてこちらを見て、

「こんにちは」

　と言って、笑顔でペコッとお辞儀をした。

「あ、こ、こんにちは……」

　てっきりスルーされると思い込んでいたので、不意打ちの丁寧な挨拶に、やや挙動不審な返事をしてしまった。

　小学校の、高学年に入ったぐらいだろうか。涼やかでキリッとした目に、整った顔立ち。さっきの挨拶も含めて、児童劇団にいる子役ですといった雰囲気のかわいらしい男の子だった。

「えっとあの、誰か待ってるの？」

　何となく、世間話的に話を振ってみた。

　なんせここは、魔窟と言われる学生アパートだ。さすがに暴力沙汰は聞かないけれど、それでも小学生には刺激の強いものがたくさんある所だし、精神衛生的にもあまりよろしくないものがあふれている。

　もし迷い込んでいたら、案内ぐらいしなきゃと思ったのだけれど、

「はい。お母さんと待ち合わせをしていて、早く着きすぎちゃったから待ってたんです」

年齢からするとできすぎな回答が、スラスラと返ってきた。

(しっかりした子だなあ)

感心しつつも、どこから来たのだろうという疑問は湧いて出た。

母というからには、アパートの管理人さんのご子息なのかなと思った。大学周辺の学生アパートや寮は、この土地に昔から住んでいる地主さんが運営しているケースが多く、決まってそういうところは、幼い家族が敷地内を走り回ったりしていたので、彼もまたその類なのかなと思ったのだ。

だから私は、

「ここ、暑いでしょ。よかったらお姉ちゃんのとこで待ってる?」

そう声をかけた。開発室ならエアコンも効いているし、この炎天下の中で待つよりもずっと快適なはずだ。澪さんのタバコがちょっと気にかかるけど、手前の部屋にいればおそらく問題ないだろう。

ちなみに、ゴミ屋敷状態だった手前の部屋は、私が懸命に掃除をくり返したことでやっとまともな環境になっていた。

「え、いいんですか?」

「うん。あ、でも知らない人の家に入ったりするの、お母さんから止められてない?」

「いえ、お母さんからは、ここの人たちはみんな友達みたいなものだって言われてますので、大丈夫です」

この言葉で、管理人のお子さん説が更に信憑性を増した。

「よし、じゃあ行こっか」

「はいっ」

とても明朗な返事を聞いて、私たちはいっしょに開発室へと向かった。

かろうじて外の光が差し込む程度の廊下を歩き、すっかり場所を覚えてしまった部屋の扉を3回ノックする。防犯設備などないアパートゆえの、最低限のルールとして定められたものだった。

「おはようございま……って、ええっ？」

そして開発室に入って早々、私は大声を上げることになった。

ほんの少し前まで、仮眠用のマットが敷いてあるだけだった手前の部屋が、奥の部屋と同じような開発スペースになっていたのだった。

しかも、驚きはそれだけじゃなかった。

「人が増えてる……」

私を含めた4人から、更に2人が追加され、黙々と作業を行っていた。

「あ、おはようございますー」

「お疲れさまですー」

「あ、あの、ええと」

いきなり声をかけられ戸惑っていると、澪さんが奥の部屋から出てきて、

「お、ミーちゃんも来たな。じゃあ紹介するわ。背景を描いてくれることになったユウカちゃんと、グラフィックを手伝ってくれるケミくん。どっちもデザイン学科の1回生や」

紹介されて、ユウカちゃんとケミくんから改めて挨拶をされた。

「よろしくお願いします」

「よろしくです」

「あ、どうもよろしく……って、いやその、さも当然みたいにご紹介されましても」

私はこの状況に、まだ適応できていなかった。

てっきり4人で作るって思い込んでたのに、どうやらそうではなかったみたいだ。

「なんやミーちゃん、そないに驚かんでも」

「驚きますって。それに、この人たちどうやって呼んで来たんですか?」

「もちろん、誘ったんやで。君のときと同じようにな～」

さすがの人たらしというかパワーというか、魅力ひとつで押し切れる人はすごい。

というかこのサークル、忠広さんのポケットマネーで成立してるって話だったけど、

(ご両親のお金? バイト代? それとも人に言えないような……)

まだゲームを1本も作っていないのに、どうやって運営しているのだろうか。

あれこれと思案しようとしたところで、私はハッと思い出すと、

「あ、忘れてた！　えっと、さっきちょっとこの子とアパートの前で会って、それで」

かの小学生の話をしようとうしろを振り返ったところ、

「お母さん！」

あの男の子が急に、そう言って部屋の中へと入っていった。

「え、お母さん？」

「お、もう来てたんか。ちょうど紹介する手間が省けたな、アハハ」

澪さんはそう言って、駆け寄ってきた男の子の頭をワシワシとなでると、

「紹介するわ。うちの息子や」

あまりにもあっけなく、衝撃的な事実を私に告げたのだった。

「む、むむ息子さん、って、えええええええええ!!!」

あまりにも唐突に出てきた単語に、心の奥底から驚きの声があふれ出た。

「あれ、言うてへんかったっけ？　おるよ、子供。ターくんとの間に」

「って、結婚されてたんですか！　それに忠広さんと!?」

だから名字を言わなかったのか、って今さらのように納得するが、そんなことよりも驚きの方が優先している。

ツッコミが全然追いつかない。というか、情報があふれすぎて洪水になってる。

「あ、康はそっちでおとなしゅうゲームしとるんやで。みんなの邪魔にならんように音はイヤホンにしときや」

「うん、じゃあ待ってるね」

息子さんは慣れた様子で、部屋の隅にちょこんと座って携帯ゲーム機をいじりだした。

信じられない状況だけど、本当の本当に親子なんだ。

(じょ、情報が洪水を起こしてる……どこから整理すればいいんだ)

完全に脳がパンクしていた私の背中を、澪さんはポーンと叩くと、

「さあ、今日からさらに忙しくなるで！　ミーちゃんはバンバン、いいレイアウト上げていってな！」

いつも通り平然と、そう言ってニカッと笑ったのだった。

「は、はいぃぃぃっ」

茉平澪。私なんかが推し量れるような人では、全然なかったのだった。

◇

「名前な、康っていうねん。健康の康な。わたしが全然健康とちゃうから、それでつけて

ん。ええ名前やろ？」

「い、いや、全然健康に見えますけど？」

　下宿への帰り道、ちょうど方向が同じだったこともあって、私は澪さんと共に川縁の道を歩いていた。ちなみにその康くんは、帰りが遅くなるからということで、忠広さんが先に連れて帰っていた。

　今朝の衝撃的な話の続きで、私は澪さんからご家族の話を聞いていた。だけど、驚きの余韻がまだ消えないままで、その大部分は左耳から右耳へと抜けて消えてしまっていた。

（いや、とんでもない行動力の人だとは思ってたけど）

　息子さんの康くんは、澪さんが18歳のときの子供とのことだった。できた当初は色々と大変（そりゃそうだ）だったみたいだけど、今はもうさすがに落ち着いて、元気に小学校へ通っているらしい。

「親2人の影響で、ゲームめっちゃ好きでな。宿題もしいや〜って毎日言うとるけど、わたしがこれじゃ説得力ないわな」

　くわえタバコのまま、あははと笑う澪さん。ただ、母子の仲はとてもいいらしく、よく2人でゲームをしているとのことだった。まあ、こんなママがいたら毎日楽しそうではある。

　ついでみたいに、いろんな話も聴いた。サークルの資金は全部忠広さんが出していて、その原資はすべて株取引でまかなっていること、元々、京都にある名門大学でトレーダーのサークルを主宰していたこと、てっきりその方面に進むのかと思いきや、小説を書くのが好きで結局サークルは辞めてしまった、など。

実際、バイト代はしっかり出ていたし、忠広さんと話をしていても、たしかに只者じゃないというか、かなりインテリっぽい雰囲気は感じ取っていた。

彼の話を聞いたところで、今度は澪さんのことが気になった。

「澪さんはその、どうしてゲームを作ろうって思ったんですか？」

これほどのパワーと、そしてスキルを持った人だ。言い方は悪いけど、同人サークルなんかより、もっと大きな舞台でも活躍できたはずだ。

「ん〜、わたしも最初は、普通にイラストレーターになろうかなって思ってたんやけど」

頭をかきながら、少し苦笑すると、

「ターくんの書いた物語に惚れたから、かな！」

友人からの紹介で忠広さんの書いた小説を読み、その内容にいたく感動したからだと説明してくれた。

「そ、それだけでここまで来たんですか！」

私は忠広さんの書く物語を、今作っているゲームでしか知らない。たしかによく練り上げられているし、破綻もなく質のいいものだと感じているけれど、いわゆる天才的なひらめきから編み出されたものではないという認識だ。

だからこそ、彼女ほどの力を持ったクリエイターが推してくれたことが、忠広さんにはとても大きな自信となったはずだ。

(忠広さんにとっては、ものすごく心強い味方だったんだろうな)

作家としてだけではなく、人生のパートナーにも選んだのだから、その信頼度は非常に高かったのだろう。

「ターくんの作るもんのためやったら、いくらでも頑張れるって思ったんや」

あのすさまじいばかりの作業量と時間も、彼の生み出す物語のためだと言い切る澪さん。お金でも名誉でもなく作品と人のためという点で、彼女の強さを見たように感じた。

(彼の作品を読んで欲しい一心なんだろうな)

強い意志が宿っていると思えば、素晴らしい絵の数々にも納得がいった。

澪さんは、忠広さんの物語の魅力を多くの人に伝えるべく、書いた小説に挿絵やカバーをつけて同人誌にしようともくろんだ。

しかし、その案はごく初期の段階であきらめるに至った。その理由は、同人業界における傾向にあった。

「小説だと、読んでもらいにくいんですか?」

「あかんやろな。そら、ライトノベルみたいにちゃんと出版社から出してもろて、全国の本屋さんに並べてもろたら読んでもらえるけど、同人誌で出すってなったらなかなかハードルが高いと思うわ」

同人業界？　というのがどういうところなのか知らないけど、小説だとマンガよりハードルが高い、というのは感覚で理解できた。

「小説を原作にして、わたしがマンガにするってのも考えたんやけど、それやとどうしてもわたしの作品になってしまうねん」

「だから、文章がしっかりと表に出るノベルゲームにした、と」

澪さんは、うんうんと深くうなずいた。

「このやり方なら、きっと文章もしっかり読んでもらえるやろうし、小説よりもずっと間口が広いからな。これから先の、新しい物語の見せ方や」

あくまでも、自分の作品のアピールではなくて、忠広さんの紡ぐ物語が主役であるという考え方。徹底していてすごいと思う反面、疑問に思うところもあった。

「反対、されませんでしたか？　周りの人から」

失礼かとも思ったけれど、そう聞いてみた。

澪さんの周りにいた人たちは、当然彼女の作るもののすごさを知っていたわけで、当然のように、より大きな舞台でその作品を観たいと思っていたはずだ。

「されたなあ〜。なんでそんなようわからん無名の作家についていくんやって、同級生からも先輩からもめちゃくちゃ説得されたで」

「やっぱり、そうだったんですね……」

忠広さんの作るものが悪いわけじゃない。澪さんがすごすぎるのだ。だから周りからすれば、その組み合わせはアンバランスに見えたはずだ。

「でもな」

澪さんは笑顔のまま、前をしっかりと見つめた。

「ターくんの書いた話に出会わなかったら、わたしはきっと、ゲームを作ろうってことも思わんかったやろうし、ミーちゃんとか堀井くんとか、みんなと会うこともなかった。何より、康が生まれることもなかったしな」

1つ1つのことを、とてもうれしそうに話す澪さん。

「そうやって、これまでになかったものと出会っていったことで、わたしの作るもんにもちゃんと変化が生まれてきたんや。損得だけを考えてやってきてたら、今描いてるこの絵とは、ぜーんぜん違うもんになってたはずや」

話す言葉が、すべてにおいてキラキラと輝いているようだった。

心の底から、今の自分を肯定して、楽しんでいる。創作ってもっとつらくて苦しいものじゃなかったのか。そんな疑問を、笑って吹き飛ばすような力強さがあった。

澪さんは、クルッとこちらを振り返って、言った。

「この世にはな、無駄なことなんかひとつだってないんやで」

街灯もロクにない、田舎の暗い夜道。カエルの合唱と学生の馬鹿笑いが響く、しょうもないこの世界において、私は目の前の女性が光り輝くのをたしかに見た。

「…………っ」

ちょっと、泣きそうになった。

何もかもが無駄で、やりきれなくて、こんな辺鄙な、しかも就職もできるかどうかわからない大学に来ちゃってどうするんだろって、思っていた。

そして、それを招いたのは、無駄な人生を過ごしていた自分自身なんだって。

このつまらない生活は、つまらない自分が呼び寄せたんだって。

そんな澱のように積み重なった負の思考を、今この瞬間、澪さんがひっくり返してくれた。最後の角の1枚で大逆転したオセロみたいに、私の人生の盤面は、すごい勢いで真っ白に変わっていった。

こんなシンプルな言葉で、自分を肯定できるんだって、知らなかった。まるで魔法をかけられたかのように、私は彼女をジッと見つめていた。

「私、今ここで澪さんに何か買えって言われたら、無条件で買いそうです」

「ハハッ、あかんでそんなことしたら。自分の未来にちゃーんと投資しとき」

澪さんの言葉は、いつものように軽快で明るかった。

これで、ゲームは結局完成しませんでした〜となれば、青春時代を彩るちょっと感傷的なイベントでした、で終わる話だ。

しかし現実は、ときとして空想よりも予想外の方向へ進む。

頒布された同人ゲームは、一般的なそれに比べると桁違いの本数が売れた。そしてその売上を元にして、サークルは新しいフィールドへと挑戦することとなる。

◇

開発室の掃除をしながら、私は堀井くんと今後の話をしていた。

「会社になるんだね、ついに」

「うん。もう手続きも済ませたんじゃないかな。来週には色々決まるはずだ」

なんでも、今作の売り上げは一般のPCゲームメーカーに引けを取らないレベルだったらしく、出資しますという誘いも数社からあったそうだ。

それで、信頼のおけそうな相手を忠広さんが吟味し、話をまとめてきたらしい。登記などを済ませたあと、私たちスタッフにも業務連絡として通達があった。

「——株式会社サクシードソフトの誕生、ってわけだ」

当初は名前すらついていなかった忠広さんのゲームサークルは、いかにも新しい企業っぽい、『成功』を意味する名前を冠した会社となった。

「これで銀行からお金も借りられるし、大きな作品を作ることも可能になる。澪さんと忠広さんがどうしてもやりたいことだったみたいだし、願いが叶って良かった」

たしかに同人ゲームはよく売れた。だけど、まだそれは狭いジャンル内でのヒットにすぎず、幅広くいろんな人に広まったとは言いがたい。

商業化し、一般流通に乗せることで、リスクもあるけれどチャンスも大きくなる。忠広さんはそこに賭けたのだろうか。

「そっか……」

どこか遠い世界の出来事みたいに聞いていたけど、紛れもなくそれは、目の前で掃除をしているバイト先の話だった。

「河瀬川さんは嬉しくないの？」

反応が鈍く映ったのか、堀井くんはそんなことを言ってきた。

「まさか。みんなで作ったものがこれだけ売れて、評価された結果なんだから、もちろん嬉しいよ。けど、なんかこう……」

「現実味がない？」

「そう、それ」

どうやら堀井くんも同じ感想だったらしく、フフッと笑って返してきた。

「だよね。大学に入ってすぐ、謎の先輩からいきなり勧誘を受けて、よくわからないままに働いてたら、作ってたものが大ヒットして、お金もたくさんもらって、未だに壮大なドッキリなんじゃないかって思うもんな」

私も堀井くんの言葉に、うんうん、と何度もうなずいた。

「でも、本当にラッキーだったたって思う」

掃除の手を止めて、堀井くんはしみじみと語りだした。

「澪さんみたいな、スキルも人格も飛び抜けた人から誘ってもらって、こんなに勉強させてもらって、貴重な経験をさせてもらった気がするよ」

心底、同意することだった。

この1年間、バイトと共にもちろん授業も受けてきたし、学ぶことも多かったけど、エンタメとは何か、ものを作るとは何かという経験においては、この場所で、澪さんから学ばせてもらったことの方が、何倍も何十倍もためになった。

最近になって、やっと少しずつではあるけど、役に立てるようになったのかな、って思えることが増えてきた。だけど実際には、まだまだ学ぶことの方がずっと多かった。私が勉強するよりも先に、澪さんはどんどん先へ行ってしまうから。

(何か、できないのかな)

いつか、私がもっと経験を積んで、本当に役に立てるときが来たら——。

掃除が一段落したので、そろって外の自動販売機でジュースを買って、もうおそらくは来ることのない旧開発室で喉を潤した。来週からは、新しいビルの新しい開発室での勤務になる。ささやかながら、古巣に最後のお別れをした。

ホコリっぽい空気の立ちこめる、正直言って良い環境とは言いがたい場所。だけどここは、私にも堀井(ほりい)くんにとっても、まさに聖地と言える場所になりつつあった。

「少しでも早く、さ」

窓の外の、あふれ出るような光を見つめる。

「一人前になって、澪(みお)さんの役に立ちたいよね」

素直な気持ちだった。尊敬する先輩に、何かの形で感謝の気持ちを伝えたかった。

「わかるよ、そうなりたいもんね」

堀井くんも気持ちは同じようだった。

「よし、それじゃ約束しよ」

私たちは、共にそう約束をし合った。

いつか必ず、それが叶(かな)うことを信じて。

◇

2年後。私たちは3回生になっていた。

これからの進路を真剣に考えなければと、周りが多少なりともあわて出す中にあって、私と堀井くんの2人に限っては、ほぼその心配はなさそうだった。

事務所が移転し、しっかりとしたオフィスとなった株式会社サクシードソフト。その開発室の傍らで、私は十数人のスタッフを前にしてミーティングを行っていた。

「じゃあ今週はこの予定で進めます。グラフィック、少し遅れが出ているので今週で巻き返しましょう。あと、そろそろ仮の素材でα版を作りますから、手の空いた人から順次デバッグを進めてください」

解散、と告げると、スタッフがバラバラと散っていった。私はフーッと息をつくと、自分の席へと戻り、椅子に座り込んだ。

「お疲れさん、敏腕ディレクター！」

そんな私の両肩をギュッと揉み込みながら、澪さんの元気な声が労ってくれた。

「ありがとうございます。原画の人がもう少し描いてくだされば、私は更に助かるんですけどね～」

ジト目で振り返ると、当人は「げっ」と言いながらあとずさりした。その様子がわざとらしくて、私はつい笑ってしまった。

「ははっ、母さん、また美早紀さんのこと困らせてるの？」

澪さんの隣には、康くんが立っていた。涼やかな顔立ちはお父さんによく似ていたけど、朗らかに笑う表情は澪さんの面影があった。

「しゃあないねんって。絵なんて、そんなボタン押したらポンポン出てくるもんとちゃうしな。それにミーちゃんはわたしのことようわかっとるから、な?」

「まあ、そうですけど……ね。それとこれとはまた別ですし～」

そう返すと、澪さんは「いけずやな～」と言って顔をしかめた。それを見て、私と康くんは声を合わせて笑った。

「康くんは今日も『ゲーセン』?」

「はい。堀井さんと対戦する約束してて。そろそろ行きますね」

いってらっしゃいと見送ると、康くんは堀井くんの席へ行き、2人して最近ハマっている対戦格闘ゲームの話で盛り上がり始めた。

「会社、託児所になってしもたな」

苦笑交じりにそう答える澪さん。ちなみに『ゲーセン』というのは、会社の休憩スペースに置いてあるゲーム機たちのことを指していて、康くんはそこで大人たちに混じってよくゲームをしていた。

「もうすぐ、中学ですよね。早いなあ」

知った当初は9歳だった康くんも、驚くほどに成長していた。優しくて素直な性格はそのままに、背も伸びたし話し方も大人びてきた。

２年という時間は、様々なものを変えていく。

サクシードソフトは、あれから２本のゲームを立て続けにリリースし、どれも高い評価と売上を記録していた。今やすっかり、美少女ゲームの大手として界隈に認知されるようになっている。

４人で始まったサークルも、今では30人近い大所帯となった。

「ほんま、たった２年で変わったもんやな。会社もクソ汚い２Ｋのアパートから、こんな立派なオフィスビルになってもうて」

「ほんとですよ。もうすっかりゲーム会社になりましたね」

私もバイトの身でありながら、ディレクターを務めるようになっていた。

おかげでサクシードソフトでは、バイトである私が、社員であるスタッフに指示を出すという、立場の逆転した現象が起こっていた。同人から急に人気が出て会社になったメーカーでは、たまに起こりうることらしい。

ただ、そのことについては忠広さんも違和感を覚えているようで、

「そういや、ターくんから話あった？」

澪さんの言うように、その点についてある打診があった。

「はい。でも……まだちょっと、悩んでます」

忠広さんからは、堀井くん共々、大学を中退して正社員になることを勧められていた。元々、大芸大は中退して有名になる人が多いところだったし、卒業することで得られるメリットよりも、即戦力としてバリバリ働くことのメリットの方が大きかった。

だけど、彼も私も、まだその判断はできていなかった。会社が不安とか、忠広さんがどうとかいうのは関係なくて、自分にまだ自信が持てなかったのが最大の理由だった。

澪さんに話そうものなら、たぶんバーンと肩を叩かれて、心配せんでええ、君は才能あるから！とか言われそうだけど。

（自分が何者か、ちゃんとわかってからにしたいんですよ、澪さん）

まだ言われたわけでもないのに、イマジナリー澪さんに脳内で説明する。

「そっかそっか、まあすぐに返事くれってわけでもないし、考えといてな～」

いつものように、笑ってそう答えた直後、

「ケホッ、ッ……あー、もう、なんかイガイガするわぁ」

澪さんは、喉に何か引っかかったのか、小さな咳を連発した。

ヘビースモーカーかつ酒飲みなこともあって、澪さんは咳をするのがクセになっていた。出社時、エレベーターを降りたところで必ず咳をするので、スタッフの間からは、澪さんが出社するサインとも言われてたぐらいだ。

「タバコとお酒、そろそろ控えたらどうですか……？　最近、量増えましたよね」

会った当初は2日で1箱ぐらいだったタバコの量は、今や1日2箱に増えていた。飲みに行く回数も確実に増えた。ゲーム開発が上手(うま)くいき、収入が増えたこともあって、経済面を理由に量を控えることはなくなっていた。

「わかっとるけど、これは燃料やから堪忍してえな」

澪さんはそう言って頭をかいた。彼女は仕事の上でのストレスを、タバコと酒で発散させていた。クリエイティブの仕事は、とかく心身を酷使しがちだ。その代償として必要だと言われると、こちらとしても強くは言い返せない。

「さっき、ああ言っておいてなんですけど、体調優先にしてくださいね。澪さんが倒れたら、元も子もないですから」

「ハハハ、さすがにこの年でそれはないわ。全然元気やし」

笑って否定した後で、

「会社、今ちょうど頑張らなあかんときやしな。ターくんも走り回っとるし、これ乗り越えたらペースも落として休みも取れるやろ」

ワーカホリックの彼女にしてはめずらしく、休暇のことを口にした。

でも、澪さんにはそれを言う資格が、社内の誰よりもあると思っていた。

私たちが、同人時代から含めて作った4作品において、いずれもメインの原画家を務め、作中のあらゆるイラスト素材を作り出した上に、グッズや雑誌用のイラストも手がけてきた大功労者だからだ。

だからこそ、会社としては、彼女に抜けられたら死活問題だった。

何よりも澪さん自身がそれを実感していたし、今が頑張るときなのも、会社も本人も共に認識していた。

「そしたら、温泉でも行きましょ。いちど、澪さんともゆったり話したかったし」

提案すると、澪さんは大いに乗り気になった。

「ええな、それ！　じゃあ次の作品が終わったら、約束やで～」

温泉地の載ったガイドブックを引っ張り出して、２人してここがいい、あそこにしようと話し合った。とても楽しい時間だった。

まだ、夢の中にいた頃だった。

◇

サクシードソフトとしての３本目の作品が完成し、そのマスターアップを記念して、ささやかな打ち上げがオフィスで行われた。

解放感からか、みんなそれぞれに労をねぎらったり馬鹿げた冗談を言い合う中、終盤になって、忠広さんがマイクを持ってみんなの前に立った。

「今作も、とても多くの予約本数を記録した。発売前の評判も上々だ」

スタッフ全員が、雑談を止めて忠広さんに向き直った。それぐらい、忠広さんがこうして話すことが異例のことだったからだ。

「次の企画だが、会社にとって大切なものになる」

かすかに、スタッフたちがざわめいた。あえてここまで言うからには、これまでになかったことがあるのだろうと予想したからだ。

「コンシューマーでＲＰＧを作る。難しい開発となるだろうが、よろしく頼む」

私は思わず息を飲んだ。

張り詰めたような空気が一瞬漂った後、誰からともなく拍手が起こった。みんなどこかで、この展開を期待していた。それが現実のものとなったからだ。

これがどれだけ大きな決断なのかについては、会社のこれまでを振り返ればわかる。

サクシードソフトがこれまでに作っていたゲームは、いずれもＰＣ用のノベルゲームで、成人向けの美少女ゲームだった。もちろん、だからといって粗雑に作るようなことはなかったけれど、みんなの心のどこかには、いわゆる『ゲーム』とは違うものを作っている、という認識があった。

それが、誰の目から見ても明らかな『ＴＶゲーム』を作ろうというのだ。ノウハウもなく、ブランドもこれから作るとあって、相当な覚悟が必要になるだろう。

前々から、忠広さんは言っていた。ノベルゲームだけを作っていては、会社の可能性を狭めてしまうと。だから、ブランドと資金力を得ることができたら、勝負をかけられるような大作を作りたい、と。

（そのときが来たんだ）

私は、チラッと澪さんを見た。

いつも通り、彼女は窓際の定位置に居た。そこで机に寄りかかりながら、タバコを片手に微笑んでいた。

ものづくりのきっかけになった大好きな忠広さんが、ついに大作を手がける。澪さんにとって、どれだけ嬉しいことなのだろうか。

自然と、私の手にも力がこもった。

（頑張ろう。良いものを作るんだ）

澪さんと共に作る、記念碑的な作品となるはずだ。

温泉の約束は少し先になりそうだけど、きっと、この作品が終わった後なら、素晴らしく楽しいイベントになると思う。

作品がどんなものになるのか、今から楽しみで仕方がなかった。

◇

さっそく翌週から、企画会議が始まった。

忠広さんに元々の構想があったのか、企画の概要は程なくしてまとまった。いわゆるRPGで定番の中世ファンタジーに、SF的な機械文明の要素を付加した世界観。一見すると水と油になりそうなものを、違和感なく1つの世界として描き出すという、当時としてはかなり意欲的な内容だった。

霧に包まれた世界、受け継がれていく年代記をキーワードとして取り扱うなど、すでに核となる要素はこの段階で登場していた。以前は苦心したシナリオの制作も、今回は順調に進められそうとのことだった。

なので、開発前のミーティングにおいても、ビジュアル面での作業量が最大の議題になった。

「これまで、ビジュアル面での制作、監修については、すべて澪さんが目を通してからGOサインを出す、という形で行われてきました」

私は会議の席上で、過去の作品の資料を提示した。

キャラクターから背景、イベントシーンの小物など、本当に微細なものに至るまで、サクシードソフトのゲームはすべて澪さんが触れていた。

実際、他のスタッフが上げたものでも、彼女が直すことでハッとするビジュアルに生まれ変わったものが数多くあり、結果的に総監修、総制作というポジションが定位置となっていた。

「しかし、次も同じ布陣でというわけにはいきません。物量が格段に増えますし、とても1人でまかなえる量ではないからです」

これまでのノベルゲームとは違い、RPGは膨大な作業が発生する。

単にビジュアル面のことだけでも、モブキャラを含めたデザイン、マップのデザイン、敵キャラクター、ザコキャラ、アイテム、イベントシーンの作画など、ざっと挙げただけでとんでもない量になる。

「なので、次回作はビジュアルの制作をいくつかのパートに分け、それぞれのチームで管理してもらう形にします。そして澪さんには、重要なパートのみを担当していただこうと考えています」

澪さんの担当パートを、最重要となるポイントに集約させる。そうすれば彼女の作業負担も減り、なおかつクオリティと納期の問題も緩和できるはずだ。

そう考えたのだけど、

「う〜ん、そうなんかなあ」

当の澪さんは、納得していない様子だった。

「やっぱ全体の仕上がりを考えたら、全部のパートを1人がまとめて見た方がええやろし、これまでのユーザーさんも、そこが違ったらわかるんとちゃうか？」

「仮にそうだとしても、次は明らかに物量が多いんです。これまでもかなりギリギリの時間で作業されていたのに、それ以上となるとパンクするのが目に見えています」

「でも作るごとにちゃんと反省を活かして効率化しとるし、ちょっとずつやけど改善もしとるやんか」

「たしかに改善はしていますが、次回作の物量をまかなえるほどでは……」

澪さんと私との間で、できるできないの言い合いになった。

これまでのやり方を変えるということに、彼女が抵抗を示すのはよくわかる。だけど、ここで変えなければ、澪さんの作業量はピークのまま下がることがない。

長い目で見れば、絶対にその方がいいはずなんだ。

お互いに引き下がらないまま、時間が過ぎていく。

やがて澪さんがしびれを切らしたように、

「わかった！　じゃあこうしよ」

彼女の方から、提案があった。

「最初はまず、これまで通りに全部わたしが見て触る形式にして、そっからどうしても動かへんようになったら、相談して変えたらええんちゃう？　これでどうや？」

「でもそれじゃ、澪さんが大変なことには変わらないですよ……」

「な、な、ミーちゃん頼むわ。今回のゲーム、めっちゃきちんと作りたいし、ここでちゃんとしたもん作ったら、次からはきちんと分けるから、なあ」

ついに、両手を合わせて懇願されてしまった。

会社の命運を左右すると言ってもいい大作。これまですべての作品でビジュアル面を作ってきた人物である澪さんが、すべてを見たい、触りたいという気持ちは痛いほど理解できる。エゴではなく、責任感から出ている言葉であろうことも。

だけど、どんなに崇高な目的があろうと物量は変わらない。人の手が限られる以上、物理的な限界はある。

「社長は――どうお考えですか」

悩んだ末、私は判断を放棄した。

もはや、1人でコントロールできる話ではなかった。それならば、すべてを始めた人にその判断を委ねるしかなかった。

忠広さんは、腕組みをしてしばらく考えていたが、

「……澪が言うのなら、そうしよう」

答えは、最初から見えていたのかもしれなかった。

◇

こうして、次回作の開発が始まった。

澪さんの提案通り、まずはビジュアルに関わるすべてのパートを、必ず澪さんが見るような形にした。それと平行して、彼女自身が全作業を受け持つパートもあり、制作とチェック、そして直しと、フル回転で動くこととなった。

私は、イラストの資料をまとめたり優先順位をつけたりして、なるべく彼女の負担を減らすようにした。

3ヶ月経ったある日。私はいつも通り、自分の業務の傍らで澪さんのアシストをしていた。モニターに付箋を貼り、そこに優先事項や注意の文言を書き入れていると、

「お疲れさまです、美早紀さん」

声をかけられて振り返ったら、男の子が笑顔でこっちを見て手を振っていた。

「康くん、ごめんね来てもらって」

私が澪さんの担当的なポジションなのもあって、康くんとは何かと連絡を取り合うようになっていた。

彼の方から率先して、色んな用事もこなしてくれた。それがとても助かっていた。

「いいんですよ。はいこれ、母さんの着替えとその他いろいろ」

澪さんは、いよいよ作業が詰まりだして、会社で寝泊まりをすることが増えてきた。と

なると、当然のように着替えなどが必要になる。それを康くんが持ってきてくれたのだ。

紙袋を受け取りつつ、私はため息をついた。

「今ちょっとピークが来てるけど、それが一段落ついたら帰れると思うから」

そう言うと、

「美早紀さん、あの」

康くんは心配そうな目でこちらを見て、

「母さんの作業、減らしたりとか……できないんですか」

「…………」

答えにくい質問をされた。

「最近、家に帰ってきても、倒れ込むように寝て、起きたらすぐに会社へって毎日で、全然休んでる様子がないんです。見かねて尋ねてみても、大丈夫やから心配せんでええ、で済ませてしまってて……タバコの量もまた増えてるみたいだし、心配で」

予想できていたことだけど、澪さんの作業量は明らかにキャパを超えていた。

それでも渡された仕事を手抜きなしでしっかりやるから、その対価として疲労が積み重なっていった。

（康に心配させんようにせなあかんな、って言ってたのに、澪さん）

もう、そういう気を回せないぐらいになっているということだ。

「僕も、母さんの絵が上がってくるのをとても楽しみにしています。どんなゲームになるんだろうって期待しています」

新作が発表された頃、康くんは目を輝かせてその情報を追っていた。会社でスタッフとゲームに興じていても、話題は決まって新作のことだったし、私や堀井くんと会うと決まってその進行状況を尋ねてきた。

それがしばらくして、康くんからあまりゲームの話を聞かなくなった。澪さんが多忙で家に帰らなくなった頃だ。

明らかに、家庭へ影響が出ているのだと察した。

「でも、このままだと母さんは身体を壊しかねないです。無理に無理を重ねちゃう人だから、誰かが止めないと」

「康くん」

「本当に大丈夫なんですか？　父さんに聞いても何も答えてくれないし、だから、美早紀さんにしか聞けなくて、僕……」

開発室の隅で、楽しくゲームに興じていた少年の姿は、もうそこにはなかった。

心が締め付けられるようだ。

1人の人間として言うのなら、今すぐ無理矢理にでも、澪さんから仕事を奪わなければいけなかった。だけど制作スタッフとしての私は、彼女の重要性を理解している以上、軽々しくその行動を取るわけにはいかなかった。

「澪さんは強くて、しっかりしてる人だから。きっと、ダメになる前にちゃんと言ってくれると思うよ、大丈夫」

確証はなかった。私にも誰にも、彼女は弱音を吐く人じゃなかったから。本当にダメなときに言ってくれるのか、わからなかったけれど。

「そう、ですか……」

沈んだ顔でうなずく康くんを前に、なんとか元気づけてあげたかったから。

私はそう言うしか、なかった。

◇

康くんが帰って早々、私は喫煙スペースにいた澪さんを捕まえて、話を聞いた。

「ハハッ、康がそんなこと言うとったんか」

「笑いごとじゃないですよ、心配かけんようにするわって、こないだ澪さんが仰ってたのに……」

「たまたまや。ちょっと疲れてるとこ見られただけのことや。心配かけへんように、家ではちゃんとしとくから、ミーちゃんも気にせんでええで」

そんなことを言われても、気にしないわけにはいかなかった。

澪さんは普段の生活においても、相変わらず不健康な日々を送っていたが、最近はそれに輪をかけて、不規則の極みへと陥っていた。

2日起きっぱなしで半日倒れ込んだり、仮眠室を使わず椅子を繋げて寝たり、1日何も食べない日があったかと思えば、突然スタッフを引き連れて焼き肉に行き、帰ってきたら数日少量のお菓子とコーヒーだけで過ごしたりと、滅茶苦茶だった。

だけど、何よりも絵を描くことを優先して生きてきた彼女にとって、そのペースを作ってきた生活を改めることは、とても難しかった。

「もうちょいや。もうちょいで、夢がいっこ叶うねん」

「澪さん」

「ここ抜けるまでは走ってたいねん。そしたらきっと、すごいものが作れるはずやから」

情けないことに、澪さんの主張を否定できる言葉を、私は持っていなかった。

私より10年近く長く生きていて、キャリアも、実力も、遥か上にあった澪さんの言葉を否定できる要素は、どこにもなかった。

できることと言えば、一般的な見地から健康面の気遣いをする程度だった。

「わかりました。でも、せめてちゃんと寝てくださいね。机の下に転がってるだけじゃ、寝た内に入りませんから」

「了解了解、布団に入ってちゃーんと寝るようにするから、ミーちゃんもフォローよろしゅうな」

苦笑気味に笑う澪(みお)さんを見ていると、私もそれ以上何かを言うこともできなかった。

「河瀬川(かわせがわ)さん、ちょっと」

それからしばらくして、開発室での勤務中、堀井(ほりい)くんから声をかけられた。

「明日から3日ぐらい、澪さんにこっちへ来てもらえないかな」

こっちというのは、堀井くんが担当しているキャラクターグラフィックのパートだ。

「難しいよ、だってメインビジュアルの制作だって遅れてるし、このタイミングで3日空いたら、雑誌に出す絵がなくなっちゃうのよ」

現状を報告すると、堀井くんは「やっぱりそうだよね」と、肩を落とした。

「澪さんは今どうしてるの?」

小声で、そう尋ねてきた。

「電池切れで寝てる。その前、1日半完徹だったから」

全体の遅れが目立ってきた中で、私たちはそのことを澪さんに言えないままでいた。

それは、言うまでもなく彼女が誰よりも懸命に働いていて、しかもそのことで少しも愚痴ったり文句を言ったりしなかったからだ。

だけどここに来て、もはやその遅延は看過できないレベルに達していた。スタッフの間からも不安や戸惑いの声が聞こえ始めていた。

（康くんの心配してた通りだ……）

結局、澪さんは自分から休むと言えない人だった。全力で走ることに特化していたその能力は、ブレーキには割り振れなかったのだ。

「このまま放置すれば、澪さんも作品も壊れてしまいかねない。そうなる前に、手を打たないと」

切実な声で、堀井くんが言う。私も、ここにきてもはや猶予はないと悟った。

「私、言うよ。仕事を分担して休んでください、って」

「聞き入れてくれるかな……これまでにも何度だって言っているんだろう？」

私は首を横に振ると、

「それでもだよ。絶対に聞いてもらう。だって――」

澪さんには、これまでたくさんのことを教えてもらったし、素晴らしいものを見せてもらった。

ディレクターとして、ただ口を開けてごちそうを待っている人間にはならない。今こそ彼女を支えるために、行動すべきなんだ。

私は覚悟を決めた。澪さんにしっかり言おうと決めたのだった。

深夜、仮眠から起きてきた澪さんは、首をコキコキと鳴らしながら自分の席へと座り、すぐにタブレットペンを握って作業を始めた。

開発室内は、私と澪さんの２人しかいなかった。意を決して、彼女に声をかけた。

「澪さん」

「ん？」

澪さんは、振り返ることなく返事をした。作業に集中しているのがわかったけど、申し訳なく思いつつさらに声をかける。

「ちょっとご相談があります。会議室、いいですか？」

動いていた手がピクッと止まった。

「そっか、うん、ええで」

澪さんはスッと立ち上がると、先に会議室へと歩いていった。その後を追うように、私も会議室へと向かう。

誰もいない深夜の会議室は、開発室以上に静まりかえっていた。その端のところに腰を下ろすと、澪さんは携帯灰皿を取り出して、

「タバコ、ごめんな」

断りを入れてから、いつも吸っている赤い箱のタバコに火をつけた。煙がゆらりと立ち上がり、天井の換気扇へと吸い込まれていく。

澪さんの顔を見つめる。1回生のとき、私を誘った頃の活気のある表情はなくなり、元々スリムな身体（からだ）だったのに、さらに痩せて顔色も悪くなった。小食だったところに、食べると眠くなるからとドリンク剤で補うことも増えた。誰が見ても、限界が近かった。

彼女が、フーッと2度目の煙を吐き出したところで、

「あの」

口を開いた瞬間、澪さんは私の言葉を手で制した。

「分業の相談やろ？　さすがにそろそろあかんわっていう」

「……わかっていらしたんですね」

「そら、周りがあんだけ走り回ってたらわかるわな」

苦笑して、そして私の顔を、申し訳なさそうな目で見つめた。

「ごめんな、手間かけさせてしもて」

「そんな」

とんでもない、と言おうとすると、澪さんは首を横に振った。

「もの作るんが楽しくて、それでみんなにも喜んでもろて、ずっとこのままやったらええのになって、思ってた。今回も、大きな作品を作るでってなって、新しいことにも挑戦できて、めっちゃ楽しかってん。だけど……」

澪さんは、そこでいったん言葉を切った。目を何度かしばたたかせて、

「やることがたくさんあるのに、時間が全然足らんようになって、身体も思うように動かんこともあって、しんどいなって思うことが増えてきた。みんなが心配そうに声をかけることも多なった。初めて、限界かもなって思った」

話を聞いていて、私も泣きそうになった。時間も身体のことも気にせず、好きな絵をずっと描いていられたら。どれだけ、そうできたら良かったことか。澪さんの素晴らしい仕事に寄り添って、ただそのサポートをし続けたかった。

でも、ゲーム作りというのは、その規模が大きくなればなるほど、自由が効かなくなり、工程の管理が重要になってきた。そして、澪さんの身体もまた、もはや放っておける段階をとうに過ぎていた。

「ギリギリまで、澪さんの希望に添いたかったんです。でも……」

これからも、澪さんと作品を作りたいから。ちょっと涙声になっていたかもしれないけど、そのことを必死で彼女に伝えた。

澪さんは優しく微笑(ほほえ)みながら、

「ひとつだけ、お願いがあるんやけど」

私に、静かな声で言った。

「今やってるメインビジュアル、あれだけは1人で最後までやらせてくれへんか?」

「は、はい、それはもちろんです!」

「ありがと、康(こう)も楽しみにしとったからな、あの絵」

ゲームの方向性を決める重要な絵。それだけは、むしろこちらからお願いしてでも、担当してもらうつもりだった。

そして、澪さんから康くんの名前をひさびさに聞いた。元気にしていたのもそうだけど、澪さんがプライベートのことを大切にしていたのが嬉(うれ)しかった。

「じゃ、朝までには仕上がると思うから、楽しみにしとって」

澪さんはそう言って、先に開発室へと戻っていった。

「はい、待ってます……!」

私は伝えきったことに安堵(あんど)して、座り込んだまま、いつしか眠ってしまっていた。

◇

どれぐらいの時間が経っただろうか。身体を大きく揺すられて目を開けると、夜の闇で真っ暗だった周囲は、朝日に照らされて真っ白に輝いていた。

「ほら、起きてやディレクターさん」

そして目の前には、澪さんが笑って立っていた。

「す、すみませんっ！　寝てしまって……」

「ええねんで、どのみち待ってもらうだけやったんやし」

そして彼女は、親指を開発室の方へクイッと向けると、

「絵、チェックしてもろてええか？」

いつものかっこいい声で、そう告げた。頬をパチンと叩いて目を覚まし、「はい！」と答えて会議室を飛び出した。駆け抜ける私のうしろを、澪さんはゆったりとついて来た。

彼女のモニターの前に立った。

一瞬、後方の窓ガラスから入る陽光に照らされて、画面がハッキリと見えなかった。やがて目が慣れてくるにつれ、そのイラストの全貌が明らかになった。食い入るように、それを見た。

息を飲んだ。言葉がしばらく、出てこなかった。

「なん……て」

想像をはるかに超える絵だった。

メインキャラクターの勇者が剣を高らかに掲げ、その周りに、主要のキャラクターたちが様々なポーズ、表情で描かれている。構成そのものはシンプルだけれど、

――その細部には間違いなく、神が宿っていた。

大切なものを奪われた憎しみ、大いなる敵を討ち果たそうとする覚悟、もっと世界を知りたいと探求する心。それぞれのキャラクターに課せられたもの、それを打ち破ろうとする意気、悩みや葛藤が、表情とポーズにすべて込められていた。

1枚の絵から、うねるような情念が観(み)る人に流れ込んでくる。ストーリーとテーマを完全に理解した上で、さらに自身の解釈と技量も伴わなければ、描くことは不可能だろう。茉平澪(まつひらみお)にしか成し得ないものだ。

エンタメ系のイラストはもちろんのこと、他のジャンルにおいても、ここまでの力を得た絵を私は見たことがなかった。その誕生に立ち会うことができて、幸せだった。

「すごく、すごくいいです、本当に……お疲れ様でした！」

なんとか、気力を振り絞って言葉にした。こんなシンプルな感想を伝えるだけでも大変なぐらい、まさしく渾身(こんしん)の作品だった。

「……ありがと。頑張った甲斐(かい)があったわ」

背中から聞こえる澪さんの声が、優しくて、そしてとても温かかった。

このとき、私は心に決めたことがあった。

「あの、決めたんです」

迷っていた、サクシードソフトへの入社の件。喜んで引き受けようと。そして、この素晴らしいクリエイターのために、自分の力を注ごうと。ずっと長い間、彼女と共に何が作れるのか、どう作れるのかを考えようと。

それを誰よりも先に、この場で彼女に伝えようと。そう決めたのだった。

振り返って、満面の笑みで口を開いた。

「私、澪さんと――」

何かが、崩れ落ちる音がした。

そこにあるはずの笑顔はなく、代わりに彼女の身体(からだ)が、支えを失って崩れ落ちるように、うつ伏せに倒れていた。

「みお、さん……？」

目の前で何が起きたのかがわからず、私はもう一度、名前を呼んだ。

返事が返ってくることは、なかった。

◇

そこからしばらくの記憶は、断片的に抜け落ちていた。

何度揺り動かしても澪さんは返事をせず、救急車を呼んだことは覚えている。人が来るまでの時間があまりに長く感じて、平静を失い大声を上げそうにもなった。

救急車が到着し、澪さんが運ばれていき、私も付き添いで救急車に乗った。そこから病院へ着くまでの記憶が抜け落ちていた。色んな質問を救急隊員の方にされたはずだけど、後から1つも思い出せなかった。

病院の待合室で、呆然と座り込んでいた。どれぐらい時間が経ったかわからず、何度か看護師さんに声をかけられたけど、どう受け答えをしたのか覚えていなかった。

やがて、忠広さんと堀井くんが来て、事情説明をしようとするも、うまく言葉にすることができなかった。忠広さんは担当の医師と話しに行き、堀井くんは憔悴しきった私を見かねたのか、家に帰るように言ってくれたけど、とてもそんな気にはなれなかった。

頭の中から、すべての感情と記憶を捨て去りたかった。何度振り払っても、倒れた澪さんの姿が目に焼き付いて離れなかった。明らかに異常なその様子が、ただごとならない状況を物語っていて、悲観的な予測ばかりを突きつけてきた。

嫌だ、絶対に嫌だ。こんなことがあるわけがないんだ。

大丈夫、疲れが溜まってただけだ。もうじきもすれば、処置室のドアが開いて、安堵した様子のお医者さんが現れて、危険でしたがもう大丈夫です、と言ってくれるはずだ。そして澪さんは、あのいつもの苦笑交じりの笑顔を私たちに見せて、やってしもたなあ、ごめんなミーちゃん、って言ってくれるはずだ。私はそれに、こう返すのだろう。

これを機に、本当に身体を大切にしてくださいね、って。

その機会なんですよね？　早くそう言ってくださいよ。

だけど、いくら時間が経っても、ドアが開くことはなかった。目の前を慌ただしく、何度も看護師さんが通っていく。不穏な言葉を耳にする度、何かがあったのかと心臓が跳ね上がる。お願いします、そんなことにならないで。最悪の、口にするにもはばかられる結果を心の外にうち捨てて、私は必死に耐え続けた。

やがて、忠広さんが待合室に戻ってきた。無言のまま肩を落とし、視線はずっと下を向いたままだった。

私と堀井くんの元に近づき、そこで立ち止まり、それまで忘れていたかのように大きく息を吸うと、

「澪が亡くなった」

小さな声で、ただその事実だけを伝えた。

堀井くんが身体を震わせていた。椅子に座り込んで、身体をかがめて、ただじっと顔を伏せていた。

私は、何の言葉も発せられなかった。ただただ、呆然としていた。

起きた最悪のことがまだ信じられず、だけど受け止めなければいけないという気持ちがわき上がって、ただ混乱の中に取り残された。

「ごめんな……さ……」

出てきたのは謝罪の言葉だった。私がもっと早くに声を上げていたら。会議の席上で、澪さんとケンカしてでも止めていたら。康くんの訴えを、もっと深く真剣に受け取っていたら。

「ごめんなさい、澪さん、ごめ……んなさ……っ」

ポタポタと、リノリウムの床に涙の跡がついていく。

それが自分のものであると認識した瞬間、感情が堰を切って流れ出して、大声を上げて泣いた。

澪さんは突然死だった。脳血管の病気であるという以外のことは知らされなかったけれど、生活習慣と過労が引き起こしたことは明白だった。

RPGの制作は凍結され、すべての制作物は忠広さんの手によって封じられた。そして代わりの企画が堀井くんによって立ち上がり、会社はまた、PC用のノベルゲームを作るメーカーへと戻った。

　程なくして、澪さんの葬儀が行われた。

　たくさんの人に愛されていたんだろう。当日は、多くの人が詰めかけていた。

　忠広さんは、終始無言だった。私と堀井くんは、仕事関係の参列者への対応や会場の受付などで、1日中動き回っていた。

　告別式が終わり、ご挨拶なども済んで、私は葬儀会場の後片付けをしに戻ってきた。

　そして、目に留まった。親族の集まっている場所に、皆が座る中でただ1人だけ、ずっと背筋を伸ばして立っている彼の姿が。

　彼は私を見つめていた。その視線を逸(そ)らすことはできなかった。

「康くん――」

　会社で言葉を交わして以来、彼と話すことはなかった。今日、この斎場においてもそれは同じことだった。

　澪さんのことで、結果的に嘘(うそ)をついてしまった後ろめたさと、やりきれない思いとが重なって、どうしていいのかわからなかった。

　名前を呼んだ後、どう続けていいのか迷う私に、

「美早紀(みさき)さん」

　彼は私の名を呼んで、そして、

「父さんは、母さんが限界だと知ってて、働かせたんですか？」

静かな口調で、そう言った。

「康くん、それは……」

当然ながら、それは忠広さんだけの話ではない。私も、会社のみんなも、そして澪さん本人も含めた話だ。

だけど彼には、正解が必要だった。大好きだった母を失い、それがなぜかという理由がないと、耐えられなかったのだろう。

「そんなにしてまで、作らなければいけなかったんですか、ゲームを」

言葉の強さとは裏腹に、彼の口調はあくまでも静かなままだった。

しかしその冷静さが、かえって彼の怒りを際立たせているように見えた。

「もしそうなら、僕は――」

その後に続くだろう言葉を、彼はあえて言わなかった。

愛していたはずの、ずっと夢中になっていたはずのゲーム。しかしそれは、結果として彼の大切なものを奪うことになった。

最愛の母と、そしてゲームと。大切なもの、大好きなものを同時に失った彼の心を、私は到底推し量ることはできなかった。

「失礼します」

康くんは頭を下げると、そのまま斎場の外へと走って行った。

中学生にしては立派すぎるぐらい、彼はしっかりとしていた。

でも、だからこそ悲しかった。


私は大学を卒業した。

結局、サクシードソフトへは入社せず、研究室に残ることにした。忠広さんのことは心配だったけれど、堀井くんが入社してくれたので、そちらは任せることにした。バイトを通じて親しくなった人たちとも、堀井くんを除いて疎遠になった。疎遠にした、という方が正しい表現かもしれない。

会社がその後どうなったかについては、堀井くんから時々聞かされた。

忠広さんは人が変わったようになって、クリエイティブからは遠い存在になり、経営に専念するようになったとか、思い出すのもつらかったのか、澪さんの存在ごと、社史から消すようなことをして、嘘の社歴をメディアに出すようになったとか、全年齢向けの美少女ゲームで売上を作って、コンシューマーメーカーとしてなんとか成り立つようになったとか、そんなことを聞いた。大切な澪さんを勝手に消されたような気がして、事情を理解しつつも忠広さんを恨んだりもした。

だけど次第に、そうしたことも頭の中から薄れていって、なるべくなら忘れていきたいと思うようになっていった。

ものを作ることには未練がなかった。澪(みお)さんがいなくなったことで、私の中での創作が終わったと感じたからだった。

すべてが終わった、と思っていた。6年後、まさかの始まりを迎えるまでは。

研究室に戻ってくると、山積みになっていたDVDの山が崩れて、床に散らばった。ため息をつきながら、それらを戻してまた積み直した。片付けようと思いながらも、なかなかその時間を取ることができなかった。

2005年も終わりが近づいていた。大学を卒業した私は、以前から疎ましく感じていた父親の姓を棄(す)て、母方の加納(かのう)という姓を得た。そして研究室に入り、特にやることもなかったのでひたすら学科の為に働いてきた。

元々、サクシードソフトでのバイトの期間中も、学年の特待生の資格がもらえるぐらい、まじめに学校へ通っていた。だから教授陣のおじいさま方への覚えもよく、助手から講師、講師から助教授へと、順調に昇進していった。

でも、それで満たされることは特になかった。昔からひねくれた性格だったけど、最近はさらに拍車がかかったような気もする。

これまであまり話さなかった妹とは、皮肉なことに姓を変えてからよく話すようになったけれど、つい意地悪をして怒らせてしまうことが多い。

私から見れば、どうしても危なっかしいと感じて茶々を入れてしまうのだけれど、そういった若さを含めたやる気が、私の現状と比べてまぶしく映るのかもしれなかった。

「物足りない、のだろうな」

ソファーに腰掛けて、ぬるくなったコーヒーをすすりながら、学生時代のことを思い出す。思い返せば、滅茶苦茶(めちゃくちゃ)で無鉄砲で行き先の見えない4年間だったけれど、やっぱりあの時代は楽しかった。

「でも、もういないんだもんね」

学生が見てないことをいいことに、つい若い頃の口調で独りごちてしまう。若くて無知で、誰かに寄りかかって生きてきたあの頃の。甘えていた私の。

そういう顔を見せる相手は、思えば澪さんだけだった気がする。つまりは、もうそういう存在はどこにもいない、ということだ。

「結局お返しもお礼も、できなかった」

堀井(ほりい)くんとあんなに力強く約束したのに。果たせないまま澪さんは遠くへ行ってしまい、再び会うことのできない存在となってしまった。

わたしはあのとき、1度死んだのだ。

彼女とお別れをした大学3年生の冬、そこで私のすべては断ち切られた。

「あの寒い葬儀会場の外で、私の魂は漂ったままなのかも、ね」

誰に言うでもなく、私はつぶやいた。

当然、返事がくることを期待してのものではなかった。この言葉は誰に知られることもなく、空に消えていくとばかり思っていたのに。

「加納(かのう)美早紀(みさき)と違(ちご)うて、河瀬川(かわせがわ)美早紀が、な」

突如、言葉が返ってきた。

……え？

今、たしかに誰かの声が聞こえた。

しかも、私の内心を読んだかのような言葉で。

「誰？」

キョロキョロと周りを見渡すも、誰の姿も認められなかった。それも当然、研究室のドアも開いていなければ、誰かを案内されたこともないのだから。

気のせいだったのかと息をついて、ふと横を見た。

いつの間に部屋に入ったのだろうか、隣に小さな女の子が座っていた。

ピンク色の髪にフリルのついた服、ファンシーな飾りのついた靴と小物と、まるで萌(も)えキャラをそのまま具現化したかのような、幼女だった。

「あなた、どこから……」

来たの、と言おうとしたその刹那。

彼女は、まるで関西のおばちゃんのように私の肩をポーンと叩くと、

「よっ、元気そうにしとるやんか、ミーちゃん」

一瞬で、1996年の灰色の日が蘇った。学生から頼られる加納美早紀先生はどこにもいなくなり、頼りない学生、河瀬川美早紀が戻ってきた。

ガタッと、ソファーから転げ落ちそうになった。

「えっ、ええっ、そんな、澪……さ……」

私のことをミーちゃんなんて呼ぶのは1人しかいない。いや、いなかった。

もうこの世のどこにも、彼女はいないはずなのに。

だけど、今私の目の前に座っている、この同じピンクの髪の女の子は。

「どや、ちっちゃなったけど、これもこれでかわいいもんやろ？」

明らかに、茉平澪と同じしゃべり方をしていたのだった。

◆

立川駅から徒歩15分、都心在住の人からすればそこそこ辺鄙な場所に、笠野家というラーメン屋がある。すごく由緒正しい、横浜直系の家系ラーメンを出すところだ。

席同士がそこそこ離れていて、深夜帯は人も少ないことから、話をする&ラーメンを食べるとなるとここしかない、と決めてやってきて、2人してメニューから全部入りの固め濃いめ油多めを注文し、他の客からはもっとも離れた場所に席を取った。

そして、ラーメンが到着し、互いにひたすら麺をすすりながら、

「と、いうようなことがあってん」

ケーコさんは、これまでにあった様々なことを僕に教えてくれた。

ある人の過去にまつわる話や、ここことは違う世界線の話、具体的な名前こそボカして語られることもあったけれど、断片的な言葉や事象を組み合わせていくことで、大体のあらましを知ることはできた。

だけど、

「それってつまり、あの……」

確信を得ようと、逆に質問しようとしたら、

「おっと、それ以上はあかん。ネタバレしたら、ゲームがおもんないやろ?」

この段階においてもなお、肝心なところははぐらかされてしまった。

「教えてもらえないんですか?」

「うん、あかん」

「そんなあ、伝えたいことがあって来たんや、って言ってたのに」

「何もかもぜんぶしゃべるとは言うてへんやろ？　それに、ネタバレしたらゲームがおもんなくなるしな」

そうまで言われてしまっては、僕も質問を引っ込めざるをえなかった。

どのみち、僕はこのあと記憶をなくす。これまでもそうだったように、ケーコさんと会ったことも、話したことも、すぐに忘れてしまうらしかった。

ならばもう、ここで留めておくのが良さそうだった。どうせ聞いたところで、結局は僕の自己満足でしかないのだから。

「もう、これでええか？」

ケーコさんは、確認するようにそう言った。

うなずくと、彼女はとてもかわいらしく微笑んで、立ち上がった。

「帰るわな」

「え、そんなあっさりと……」

本当は、まだまだ話したいことがたくさんあった。質問だけじゃなく、言っておきたいことがあったから。

この10年間、特にケーコさんが去ってからの8年間、どういうことをしてきたのか、それは正解だったのか、不正解だったのか。

いや、もうそんなことはどうでもよかった。ただ聞いて欲しかった。彼女とした決意の元で、僕がどう生きてきたのかを。

だけど、ケーコさんは僕の思惑を見透かしたかのように、

「全部、見とったで。その上で、最後に言うとくわ」

クルッと振り返ると、いつものふざけたトーンを欠片も見せない、しっかりとしたお辞儀をして、

「君と会えてよかった。これまで、本当にありがとう」

「ケーコさん……」

このまま、本当に彼女は去っていくのだろう。本当は何者だったのか、どういう目的があったのかを告げないままに。そして、最初に会ったあの撮影現場でのことも、いっしょにゲームを作ったことも、仮の未来へと飛んだことも、こうして再会したことも、僕はすべて、忘れてしまうんだろう。

正直、このことに限っては悔いが残る。彼女が抱えてきたことを、聞いてみたかった。

だけどそれを彼女が望まない以上、僕ができることは、ひとつだけだった。

「僕も、ケーコさんに会えて嬉しかったです。人生をやり直せて、よかったです。ありがとうございました」

4年間の波乱も、その後の6年の回り道も。

今日、ここからすべてを振り返っても、もはや何の後悔もなかった。

すべては、あの合格通知を受け取った日から始まったんだ。

だから、記憶が消えてしまう前に、お礼を言いたかった。

ケーコさんは、いつもの彼女がするように、ニヤッと笑った。

「じゃあな、主人公」

いつかしたように、2人して顔を見合わせて笑った。


やがて、彼女は「ほな」と言って、振り返りもせずに去っていった。

前に言ったような「また」を付けずに。

いつものように冗談を言うこともなく。

そして、その姿が夜の闇に消えると共に、僕の記憶の中からも、登美丘罫子（とみおかけいこ）という存在は、すうっと薄くなって、消えていった。

後には2つのラーメンの丼と、心にぽっかりと空洞が空いた、どこかさみしげな僕の姿だけが残されていた。

河瀬川英子は、これまで生きてきた中において、張り詰めた空気というのを何度か体験したことがある。

昔のバイト先だった、映像制作会社。作る映像の中身について、制作進行と監督との間で深刻な争いになったことがあった。いい大人がいがみ合って、にらみ合ったまま黙り込んで、周りはただハラハラするばかりで、最悪の空気だった。

1回生の頃の制作チームも厳しかった。最低限やってほしいことを伝えるだけで、辺りが凍り付くような感覚に何度も襲われた。わたしの言い方が悪かったせいもあるのだろうけど、価値観の異なる人に向けて何かを言うことが、これほどつらいのだと思い知らされた出来事だった。

その後、チームも解散してバイトもやめて、もうあんな空気はたくさんだ、経験したくないと心から思っていた。

……なのに。

今わたしは、サクシードの大会議室において、生涯ワースト1の張り詰めた空気というのを味わっていた。

しかも、登場人物はわたしを含めて2人。わたしと、茉平社長だった。

「それで、橋場さんは……いついらっしゃるんですか？」

静かな口調で、社長がわたしに尋ねる。

「もう、少しです。ただ、少し遅れているので、先にわたしから、企画の話をさせていただきたいのですが、いいでしょうか」

ここまでは、あいつと事前に決めた通りだった。

「わかりました。ではそうしてください」

にこやかな表情で、社長がうなずいた。

心底ホッとした。これで時間を稼げば、どうにか……。

「30分」

柔らかくも、ナイフのような切れ味を持った言葉が、わたしの正面へとぶつけられた。

「えっ……」

「期限です。それまでにいらっしゃらなかったら、事前のお約束と異なるということで、プレゼンは終了とさせていただきます」

再び、張り詰めた空気が蘇ってきた。

（ほんとに、何してんのよ橋場……!!!）

わたしは心の底から、橋場恭也を恨んだ。こうなることぐらい予想できただろうに、どうして今日になって、あいつは！

「ありがとうございます。失礼して、本人にも伝えます」

手元のスマホで、あいつに向けて『猶予は30分』と送り、再び社長へと向き直った。

緊張で死にそうな中、深呼吸をしてから話し出した。

「では、橋場に代わりまして、共同企画者であるわたし、河瀬川英子が企画の説明を執り行います」

こうして、主人公が不在のままに、わたしたちの運命を決めるプレゼンが、今始まろうとしていた。

◇

思えば、プレゼンに至るまでの24時間、わたしは心身共に疲れることが多かった。

始まりは、トランスアクティブの会議室だ。竹那珂の計らいもあって、ミスクロのために会議室を完全に開放してもらっていて、わたしたちはそこで、悪巧みからネタ探しの雑談まで、広く利用をしていた。

前日、プレゼンに向けた最終の打ち合わせを前に、わたしはいつもより早い時間から会議室を訪れていた。

「何の用件なんだろう」

まったく予想がつかず、そう独りごちる。

会議の招集は、ほぼ橋場が行っていた。彼が竹那珂に集合を告げると、彼女が全体送信でメールし、集合１時間前にきっちりリマインドも送られてくる仕様だった。

そして、今日行われる会議は２つ。

１つはもちろん、橋場が招集した全体の打ち合わせ。明日のプレゼンに向けての最終確認だ。これはもう言うまでもない。14時からの開始予定だ。

しかし２つ目の会議は、その開催理由も主催者も謎だらけだった。13時、ちょうどメインのミーティングの１時間前に行われる別会議は、以下の内容だった。

ミーティング主催者：小暮奈々子（こぐれななこ）

出席者：小暮奈々子、志野亜貴（しのあき）、河瀬川英子（他メンバー参加厳禁）

「なんでこの３人なの……？」

あまりに謎過ぎた。役職から言えば、ディレクターとイラストレーターと音楽担当だ。

プロモーションについての相談と考えれば、当然橋場が必要だろうし、細かいゲームの内容に関わることについてだとしても、九路田（くろだ）や竹那珂を入れた方がいいだろう。

この３人だけで集まる理由、というのが思いつかないのだ。

「まあ、ナナコに聞けばいいか。あの子なりに考えてることがあるんでしょ」

会議室のドアを開けた瞬間、元気のいいナナコの声が響き渡った。

「英子、来たわね！　ほら、早く座って座って！」

いつもの笑顔……にしては、ちょっとギラギラした感じの表情で、わたしを手招きしている。そしてその傍らには、シノアキが控えめにちょこんと座って微笑んでいる。

こういう様子を見ると、あのシェアハウスにタイムスリップしたような気持ちになる。が、今の彼女たちは、押しも押されもせぬトップクリエイターたちなのだ。

言われるままに席へと座りながら、ナナコに尋ねた。

「で？　どうしたのこんなメンバーを集めて。同窓会でもするつもり？」

それぐらいしか思いつかなかったので、ひとまずそう言ったところ、ナナコはニコッと笑いながら、しかし真剣な声で、言った。

「今日、2人に集まってもらった理由は、ひとつだけよ」

「そうなん？」

「そうなの？」

そんなシンプルで、わかりやすい共通点なんてあっただろうか。当時、シェアハウスに住んでいたことって考えると、わたしは該当しないし、せいぜい映像学科生ってことぐらいしか思いつかない。

そう、それこそ、みんなあいつと関わっているってぐらいで――。

「あっ」

まさか、そのことでナナコは……。

何かを察したわたしに向けてなのかは知らないけれど、ナナコはすかさず立ち上がると、わたしたちに向けて言い放った。

「2人のうち、どっちが恭也と付き合ってるの？」

わたしは聞いた瞬間に頭を抱えた。シノアキは、のほほんとした様子で、頭に？マークを付けたような顔をしている。

「まさかそのために、今日ここに呼んだってことなの……？」

特大のため息とともに、ナナコの方をギッとにらむ。こんなことをするのも、思えば6年以上ぶりだ。

しかしナナコは、昔ならば確実にひるんでいたはずの場面なのに、逆にわたしをにらみ返すと、

「そう、そのためよ。大切なことだからね！」

堂々と、言い返したのだった。

（ナナコ……いろんなことをふまえて、強くなったのね）

なんだか妹の成長を見るような思いで、日本を代表するアーティストの顔を見上げた。

もっとも、やってることは学生の頃と変わってないんだけど。

「えっと、じゃあ答えるけど……特に付き合ったりしてないわよ」

実際、この企画の件で何年かぶりに連絡をとったぐらいで、それまではメッセージのやり取りすらしていなかったぐらいだ。

「わたしもやよ～」

そしてシノアキも、特に何もなかったようだった。

大阪で印象的な再会があったと橋場から聞いて、ああ、やっぱりそういうことなのねと勝手に納得していたけど、どうやらそれは邪推だったらしい。

どこかでホッとしている自分がいて、無性に腹が立ってしまったけど。

「そっか、じゃあ」

ナナコは再び席につくと、ニコッと時価総額100万円ぐらいしそうな笑顔をわたしたちに向けて、

「あたしにも、まだチャンスがあるってことね！」

そう、力強く宣言した。

（ナナコ、やっぱり今でも……）

わたしはちょっと感動していた。

だって今の彼女は、間違いなく国レベルのトップスターだ。国内だけじゃなく、海外でもライブ会場を満席にできるレベルのアーティストであり、おそらくその交際なんて話に

なれば、ヤホーのトップページに載るレベルのニュースになるだろう。

それが、いわゆる「一般の方」である橋場を、今でもずっと好きだというのだ。ナナコの一途さとか、あの頃の気持ちを大切に持ち続けているのをわかりやすく示していて、内心うらやましく思うほどだった。

だけど、

「ナナコ、そうやったんやね～」

わたしの横で、ちんまりと座って、にこっと微笑んでいるこの最強女子というか、ある意味ラスボスというか、実は何もかもすべてをお見通しなんじゃやって思うこの生き物が居る限り、なかなかにハードな戦いになりそうなのが、気の毒だった。

「そーなのよ！　ていうか、やっぱり恭也はね……」

なおもナナコによる、いくぶん良い感じのフィルターがかけられた、橋場恭也のここが好きトークが繰り広げられている。

（いいな、ナナコ）

この子は、自分のことは自分の力で最強に育てながら、その上で橋場が好きだと真正面から宣言してみせたのだ。スターとなった今でも、その気持ちをずっと熱く持ち続けたことは、素直にあこがれる。

シノアキにしてもそれは同様で、橋場が去った後も、黙々とクリエイティブに向き合って、秋島シノを確固たるブランドにまで育て上げた。橋場についてどう思ってるのかについては、結局今でもよくわからないけど。

2人とも強い。すごく強い。

それに比べて、わたしは自分の弱さが理由で橋場に近づいた。立場上、あいつと話すことも多いから、出し抜こうと思えばそれも可能だったはずだ。結果としてそうすることはなく、しかも、今高らかにナナコが宣戦を布告した。となれば、わたしもこの件で立場を鮮明にする必要があるのかもしれない。

いや本当に、どうするんだろうね河瀬川英子。橋場のことは正直言って誰よりも知り尽くしている自信はあるけれど、それが好きとか嫌いとかの話になると、先がまったく見えなくなってしまう。わたしがヘタレすぎて、その手の行動をとらなかったせいだ。

「はあ……」

特大ため息とともに、わたしはやっぱり悩むばかりだ。

結局、このミーティングには1時間も必要としなかった。30分を残して、ナナコの独演会となってしまったし、じゃあその間に他の連絡とか済ませておこうかと、席を立ちかけたその瞬間だった。

「たっ、たた大変ですっ！！！！」

バーンと会議室のドアが開かれて、この子もまたある意味最強な、竹那珂里桜が血相を変えて登場した。

「こらこら竹那珂ちゃん、今日は参加厳禁って言っ……」

冗談ぽく言おうとしたナナコが、竹那珂の表情が「それどころじゃねえ」と訴えているのに気づいて、言葉をそこで止めた。

「何か、まずいことでも……あった？」

なんとか言葉を繋いだわたしに、竹那珂は折れるんじゃないかって勢いで、首を縦にコクンコクンコクンと振りまくると、

「ヤバいです、クソヤバいです、企画、大ピンチです……」

ここにきてわたしたちは、特大級の危機に見舞われることになったのだった。

14時を前にして、少し前倒しでミーティングは開始された。
「それでは、現状についてお話ししますね」
いつもは明るく楽しい軽快なトークから始める竹那珂も、今日に限っては冒頭からマジトーンだ。
全員が息を飲む中、彼女は静かに語り出した。

「ミスクロの制作について、タケナカはもしものときに備えて、サクシード抜きで企画を進められる準備をしていたことは、すでに皆さんにも伝えていたかと思います」

もしものとき、というのは言うまでもなく、「茉平(まつひら)社長へのプレゼンが失敗し、サクシードで制作ができなくなったとき」だ。

その際、彼女が代表を務めるトランスアクティブ社を軸として、今回関わっているメンバーに関連する企業、事務所などから、出資を受ける形での委員会を発足させ、そこで集めた資金を元に制作を行う準備を進めていた。

竹那珂里桜(たけなかりお)が何故(なぜ)、高い評価を得ているか。それは、良い意味での二面性を持っているからだと、わたしは捉えている。

一見すると楽観的かつハイテンションに見える人間性の裏には、かなり悲観的な、石橋を叩(たた)いて渡らないガチガチ安全策を用いる、冷静な経営者の顔がある。

今回も、サクシードをなんとか口説き落とそうとする橋場(はしば)やわたしを軸として支えつつも、その裏では、ダメだったときの手をずっと1人で考え続けてきた。

(ほんと、業界で最後まで生き残るのはこの子って言われても納得なのよね)

だから、その奥の手について、わたしも密(ひそ)かに頼りにしていたのだけど、

「結論から言います。トランスアクティブ社メインでの制作は……できなくなりました」

途端に、メンバーからざわめきが起こった。

「マジかよ、だってあの計画って、かなり秘密裏にやってたって聞いてたぞ」

九路田がめずらしく、驚いている様子だった。

「そう、してたんですが、うまく根回しをされてしまいました。各社に聞いて回ったのですが、出資はできない、協力は難しいと返答がある上に、うちの会社にしても、単独で動かす予算は組めないと親会社に言われまして……本当にすみません！」

竹那珂はそう言って頭を下げるが、この子ができなかった以上、ここにいる誰もが不可能だったはずだ。責められるはずもない。

「これも茉平社長がしたことなの？」

わたしが問うと、竹那珂は「おそらく」とうなずいて、

「元々今回のプロジェクトは、業界内ではすでに話題になっていました。まだユーザーにリークされていないのが不思議なぐらいで、ある程度、予算を動かせる立場の人たちにはすでに何か動いていると知られているはずです」

なるほどな、とここで貫之が口を挟んだ。

「そうなると当然、快く思わない者も出てくる。茉平社長は、そういう層をうまく誘導して、あの企画には関わらないようにと回状をまわしたってことか？」

「まさにそれです。当然、回状と言っても書面には残っていません。すべて口頭だと思われます」

この手の話の常套手段だ。証拠が残ると後々面倒だから、必ず口頭で、しかも言質を取られないように間接的な言葉で伝える。

「もーほんと悔しい！　こんなことなら、最初から出資の約束を書面でガチガチに固めておけばよかったんですが、あまり表に出せない話だったので、こちらも口頭だったのを逆手に取られた形ですね……」

ああ、たしかによくある話だ、と思った。

ゲーム業界に限らず、目もくらむようなビッグプロジェクトをひがんだり、ダメにしようと思う輩はたくさんいる。表向きは「業界の発展のため……」なんて言いながらインタビューを受けているくせに、裏では足を引っ張るのが好きでしょうがない。そんな業界人を、わたしはこの数年だけで何人も見てきた。

社長自身はそういう人物ではないけれど、その手の悪辣で卑怯な連中に対し、そっと背中を押した可能性はあるだろうと思われた。

にしても、

（そこまでやるか、ってのはあるけどね）

対話のチャネルを閉じていない以上、何がなんでも妨害するつもりはなさそうだけど、予防線を張るようなことは許さないよ、と遠回しに言われている気がした。

「許せない！　あたし、事務所に連絡して社長をボコってやるわ！」

怒り狂ったナナコが、いきなりスマホを取り出したので、

「ま、待った！　気持ちはありがたいけど、ナナコがそれをやっちゃダメだって！」

あわてて、橋場が止めに入った。

「でも、なんか偉い人だけでそういう取り決めをしたんでしょ！　だったら、それをまずは止めさせないとフェアじゃないいもの！」

「落ち着けって、お前がそれを事務所の社長に言ったら、たしかに物事は動くかもしれんが、悪い方に傾くことだってあり得るだろうが」

貫之の言葉に、これまでジッと聞いていた斎川が口を開いた。

「そうなんですよね。ただでさえ無理めなスタッフを集めた企画ですから、これをゴリ推しちゃうと、好意的な人たちまで敵にしちゃう危険性があるんで……」

まさにその通りだ。ミスクロはある程度の売上見込みは立っているものの、そのスタッフ編成は、明らかに採算を度外視したドリームプロジェクトで、しかも多くの別企画のリソースを奪っている以上、味方をより多く集めておく必要がある。

「そんな……じゃあ、あたしたちは今何もできないってことなの？」

ナナコの問いに、今度は火川が声をかける。

「まあ、正面からぶん殴りにいくルートは閉じてねえんだし、ここまで準備万端で来たんだから、あとはもうやるしかねえ、ってことじゃねえの、橋場？」

問いかけに、橋場は大きくうなずいた。

「そうだね、康さんをいかに説き伏せられるか、その一点になる」

今は敵を減らすよりも増やさない努力をしつつ、明日に備えて待つほかはない。

「ともあれ、あと1日だ。みんなには本当にあらゆる面で助けてもらった。ありがとう」

橋場がみんなに向けて、語り出した。

「やれることはやった、なんて結果にはしない。ここまで来た以上、この企画はどんなことをしてでも通す。それが僕の役目だし、やれると思ってる」

これだけの不安を抱えながらも、その言葉によどみや迷いは感じられなかった。

「だから、あとは任せて欲しい。僕からは以上だ」

みんなも、力強くうなずいた。

そうだ、これほどの強いメンバーが奇跡的に集まったんだ。その中心にいる橋場がやると言っている以上、何がどうあろうと企画を通すはずだ。

フーッと息をついて、手元の最終的なプレゼンシートに目を通した。どこにも非の打ち所のない、素晴らしい企画書ができあがった。

だけど明日、橋場と社長の間で繰り広げられる話は、きっと、企画そのものの話だけでは収まらないように思えた。

（また、何か思い詰めてるんだろうか、橋場は）

その当人の方を見る。

いつも通りの真剣そのものな目で、企画書と、みんなの顔に目を配っている。もちろん頼もしさを覚えつつも、本当に勝てるのだろうかという不安も、少しながらある。

アドバイスがどうとか、何かを言うとかいう段階にないことはわかりきっていた。だからわたしは、無言のまま、目で古典的な応援を送ることしかできなかった。

（頑張って）

行き着いた先が根性論なのが我ながら悲しいけど、最後の最後、追い詰められたところでものを言うのが感情であることを、わたしは痛いほど理解していた。

◆

打ち合わせを終えたあと、僕は中央線の電車に揺られながら、ずっとあの人のことを考えていた。

茉平康。かつての上司であり仲間であり、あこがれでもあった人だ。

その仕事への取り組み方、愛情、あらゆる面で敬意を持ちながらも、最終的は袂を分かち、別の方へと進むことになった。

「何が、そうさせるんだろう」

ゲーム制作という一点において、頑なに拒もうとする理由。

何もないままに、そんなことをするとは考えられない。茉平さんだからこそ、必ず理由はあるはずだ。

それがどのようなものであるにせよ、僕らはその理由に打ち勝って、企画を通さなければならない。彼を超えるほどの、強い想いをもって。

車窓の奥にある街並みを見つめ、考え続けていた。電車はいつの間にか、自宅の最寄り駅へと近づいていた。

立川の駅から、夜の街を歩く。駅前は都心の真ん中と遜色ないほどの賑やかさがある反面、少し歩くと途端に人気がなくなる。

マンションの玄関を電子キーで開け、自分の部屋へと戻る。ネクタイを外し、スーツを脱いで、もうかなり古びてしまったソファの上へと腰を下ろした。

「さすがに、ちょっと疲れた……」

ずっと、気を張り続けた日々だった。会社のことを考えている方が、まだ幾分楽なぐらいで、企画に関わるようになってからは、途端に心労が増えた。

それに加えて、今日のアクシデントだ。崖っぷちに追い詰められ、さらに足下をえぐられるような苦難の連続に、めまいがする思いだ。

だからこそ、武器が欲しかった。ピンチを打破できるような、明日の戦いをグッと優位に進められるような、そんな武器を求めていた。

「あるかどうかわからないけど、探すしかない」

思い立って、本棚へと目を向けた。

棚に差してある本の中で、すぐに読もう、見ようと思っているものは、表紙を前に向けて置いておくクセがあった。

その中でも、最も視線の中心にあるところへ置いてあった本。

それを手に取った。

「この世界でも、また観(み)ることができたんだな」

しみじみと、時空を超えた表紙を見つめる。

サンフラワーと書かれたロゴに、爽やかで華やかなイラスト。今さら言うまでもない、シノアキ、秋島(あきしま)シノの画集だ。

ページをめくると、そこにはシノアキが歩んできた10年間が納められていた。

まだイラストを職業にしようとする前の絵、課題で作った絵、そして、商業イラストとして初めて世に出した絵、評判になった絵、いずれも、ため息の出るほどに素晴らしい絵ばかりだった。

だけど僕は、それらの絵を見て思うことがもう1つあった。

「ずっと考えて、描いてたんだな」

明らかに、彼女の絵は変化を遂げていた。

元々、シノアキの絵には世界があった。ただ描きました、という絵は1枚もなかった。そこから、観る人の目をしっかりと意識したものが出てくるようになり、さらに高い共感を得られるようになった。さらなる深みと考えが、反映された結果なのだろう。

当たり前のことだけれど、創作には成長がある。絵画だけじゃなく、歌や小説など例外なくそれは当てはまる。作り手が創作で経験した物事から、次の創作で何かを付加されたり削られたりして、変化を遂げていく。

ならば、制作進行である僕だって、経験から次の手を考えなければ。

「ストーリーを、作らなきゃ」

ビジネスの世界でよく言われることだけど、良いプレゼンテーションにはストーリーがある。フィクションの構造と同じく、そこには起承転結があり、盛り上げる場所や山や谷が存在する。そうして生み出した感動や衝撃を用いて、優位に話を進めて最後の納得、エンディングへと導くのだ。

ゆえに、ストーリーを必要とするのは作家だけじゃない。製作側にも必要な要素だし、すぐれたプロデューサーは、間違いなくそれを作ることができる。自らそのストーリーを描き、仲間と敵を意図的に動かして展開させる。

ラスボスを攻略するための、ストーリー。

僕はその展開作りに、着手することにした。

何度も手を入れて、作り上げられたドキュメント。それを前にして、まずは考える。闇雲に手を動かしたところで、ろくでもないものができるだけだ。

ストーリーを作る。自分のペースに引き込み、観る人を操る。そのスキルや手法について考えたとき、当然のように思い浮かんだ人物がいた。

「貫之（つらゆき）なら、どう考えるだろう」

思えば、彼とはずっとストーリーで結びついていた。1回生の最初の課題に取り組んだときもそうだったし、互いの作品でメッセージを送り合ったこともあった。

だけど、やはり最初の思い出が強く印象に残っていた。

「あのときは、すごかったな……」

頭の中には、1回生の頃の記憶が蘇（よみがえ）っていた。専攻の授業において、教授によって紹介されたシナリオ制作の十箇条。

「ええと、展開、宿命、宝物、決意、感動、山場、終演、題目、そして……」

残り2つというところで、教授は学生にそれを答えさせた。まずは河瀬川（かわせがわ）が1つを答えた。そして居眠りをしていた貫之が、わからないだろうとあざ笑う教授の意図とは裏腹に、ラストの1つを見事答えたのだ。

乱調、そして、敵役。

「そうか――」

その回答を以て、彼は俎上に載せられた授業において、逆に自分の舞台へと引きずり込んだ。

あの十箇条を、今の状況に置き換えて活かせないだろうか。僕は脳内でシミュレーションを始めた。

まずは敵役。これは言うまでもなく、康さんになる。

「すみません康さん、敵なんて言っちゃって」

苦笑しながらも、今の僕らの立場からすれば、彼はその立ち位置にいた。

ならば、この展開における乱調とは何か。茉平さんは、完璧とも言えるほどに足場を固めている。おそらくは、明日のプレゼンにおいても、何を言われても返す言葉があるという自信を持っているはずだ。

その絶対的な展開を打ち破るには、彼の意識の外にある何かが必要だ。そうしなければ、茉平さんの強さに飲み込まれてしまうだろう。

意外性のあるもの。茉平さんの予定調和を、崩せるものを用意しなければ。

考えていることは、実はあった。

だけどその手を使うことが正しいのか、僕にはまだ確信が持てなかった。

「でも、ここに踏み込まなきゃ、先に進めないんだ」

拳に力を入れる。

「ここまで来たんだ。今さら、きれいごとは言えない」

他にも、思いついたいくつかの方策を書き留めていく。結局、最後までいろんな人に頼る形になりそうだ。でもそれこそが、僕の生き方なのだろう。

作品を作り上げるために、動け。

『制作があきらめたら、作品は終わりだ』

贈られた言葉を思い出しながら、僕はスマホに手を伸ばした。

夜も少し更けていた時間だったけれど、相手はすぐに電話に出てくれた。

「どうした、何かあったのか？」

心から信頼している先生の声が、耳元で響いた。

◆

『堀井(ほりい)は、就職対策はほんと万全だったよな』

大学時代に同期だった友達から、ひさしぶりに連絡があった。

懐かしく思いながら、4人ぐらいの会合に向かった。話が盛り上がる中、そんな話が出てきた。

なるほど、周りからはそう見えるのかと、興味深い話だった。

僕自身は、そんなつもりはまったくなかった。大学に入ってすぐ、周りの状況や話を聞いていくうちに、これは就職は無理だなと、早々にあきらめたぐらいだった。

そんな僕が、どうしてサクシードのような大企業で働くことになったのか。言うまでもなく、1人の女性との出会いだった。

「よ、兄ちゃん、ヒマしてるんか？　何もしてへんのやったら、バイトせえへんか？」

今でもそのときのことを覚えている。第2食堂で、1人でさみしく素うどんをすすりながら、ボーッと天井を眺めていた。そしたらその視界に、いきなりピンク色の髪の美人が、ニュッと現れて、僕を創作の濃い世界へ引きずり込んだ。ずっとこんな日が続けばいいのにって思っていた。

だけど、その日々は3年で幕を閉じた。澪(みお)さんというカリスマを失って、僕は急に未来が見えなくなった。友だった河瀬川(かわせがわ)さんは去っていった。社長は何も語らなかった。仲良くしていた康(こう)くんは、深い悲しみと怒りの中にあった。

本音を言えば、僕もその場から消え去りたかった。だけど、現実を考えたときに、会社に残る人たちを、絶望の中にいる人たちを置いていけなかった。

だから夢中で働いた。澪さんの何分の1、何十分の1にもならなかったと思うけど、開発部のリーダーとして、ゲームを作った。

社長とはほとんど話もしなくなったけれど、康くんとはずっと、連絡を取っていた。だから、会社にバイトで入ると聞いたときは、内心でとても嬉しかった。澪さんと果たせなかった思いを、形を変えて叶えられるのかなと。

だけどその喜びは、彼とものを作るようになってしばらく後に、闇の中へと消えてしまった。

『堀井さん、僕は——会社に復讐しに来たんです』

すくすくと成長していた彼は、澪さんを失ったことを忘れていなかった。母を奪い去った原因を、クリエイティブの現場と、そして会話のなくなった父ととらえた。そして深い怒りと共に、復讐の心を蘇らせたのだった。

今でも思う。僕は何をしていたんだろうって。大切な存在だった、忠広さんと康くん。その2人を導けなかったことを、ずっと後悔していた。本当は2人とも、ゲームもクリエイティブも大好きなはずなのに。関わりを避け、憎しみあうようになってしまったのは、僕が何もしなかったからじゃないか、って。

「もう、遅いんだよ」

橋場くんが、河瀬川さんの妹さんが、そしてその仲間たちが、何かを成そうとしている。

僕はその姿に、何もできなかった自分を重ねる。

僕が何かをするには、今じゃないのか。僕にしかできないことが、あるんじゃないのか。

そう思う一方で、今さら何を、という気持ちも、たしかに存在する。

康くんの右腕と言えば聞こえはいいけれど、実際は彼の悲しみに、寄り添うことすらできないでいる。

情けない。こんなどうしようもない僕は、何ができると言うのだろうか。

答えがあるのなら教えてほしい。そう願った僕に、誰かが聞いてくれたのか、

「ん……？」

電話が鳴った。

相手の表示を見て、すぐに受信ボタンを押した。

「もしもし」

加納先生。かつて学生生活を、そして会社で共に働いた、仲間だった。

「堀井くん？　ごめんねこんな時間に」

「いいよ、どうしたの急に」

何もできなかったという思いを、打ち明けられるのは彼女しかいなかった。

なぜなら、彼女自身もその悲しみを抱えていたからだ。

傷をなめ合い、慰め合って、いい大人が20年前の世界に居続ける。

およそろくでもない関係の中で、それでも彼女は、友達で居続けてくれた。

「お願いが、あるんだ」

そんなことを言われたのは、いつぶりだろうか。

というか、違和感を覚えた。大学の先生となってからは、彼女はもっとビジネス的な話し方をしていたはずだ。

なのに今、彼女の口調は、まるで。

「――河瀬川美早紀としてね」

違和感は、正しかった。

僕の中の時間が急激にさかのぼる。あの学生アパートで、そして事務所で、2月の寒い日の告別式の会場で。その様々な場にいたあのときの僕が、目を覚ました。

「それなら、なんでも聞くよ。聞かなきゃ」

絶対に断れない名前からの、お願いだった。

◆

「奇妙な縁だとは思わねえか、鹿苑寺」

早朝、大崎にある九路田のマンション。かれこれ何杯目かのコーヒーを飲み干しながら、彼はふとそんなことを言った。

「同じ学科だから、そのうち何か関わる機会はあったんだろうが、およそ友好的とは言えん流れで関わった俺たちが、今こうして思い出話をしてるんだからな」

俺も同じく何杯目かのコーヒーを口に運びながら、

「結局、恭也なんだよ。あいつが繋いできたんだ」

「違いねえな。くやしいが否定しようがない」

くやしいと言いながら、九路田は屈託なく笑っていた。

昨日のミーティングが終わったあと、めずらしく九路田が声をかけてきた。恭也のプレゼンを控え、いてもたってもいられないから付き合ってくれと、彼の自宅へ招かれたのだった。

そして今まで、夜通しで2人して話していた。内容はといえば、そのほとんどがあいつについての話だった。

「コネを悪く言う風潮もあるが、ただ仕事をしているだけでは得られないものだ。誠実にクリエイターと作品に向き合い、一定の成功を収めることでやっと得られるものだ。だから、コネを使えるプロデューサーは強いんだよ」

「まさに、恭也の強みだな」

あいつがやると言って立ち上がったことで、何も言わずとも多くの人間がついて来た。ギャラがまともに出るかもわからず、時間拘束も長い仕事にもかかわらず、だ。

「結局、嫉妬だったんだよ」

九路田は、しみじみと昔を懐かしむように言う。

「あいつと俺は、同じ仕事をしていても見ているところがまるで違った。橋場は俺の視点をすごいと褒めてくれたが、俺は俺で悩んでいた。だから何かにつけてあいつに強く当たったし、張り合うことで自分の価値を高めようとしていた」

「お前はもっと強いと思っていたけど、意外だな」

かつての九路田は、ストイックにプロデューサー業を勤め上げることで生きているような人間だった。恭也を含め、他人を意識することなどないと思っていた。

「そう見えないように努力はしてたからな。虚勢を張ってたんだよ。その内実といえば、この有様だ」

肩をすくめ、九路田はそう自嘲する。

「作品のためとか高尚なことを言いながら、結局は自分だけを見ていた。俺が結果的に伸び悩んだのはそこだよ。橋場との埋めがたい差だ」

「恭也は……そうだな、常に周りを見ていたな」

だから、ピンチになっても必ず「何か」を見つけてきた。

弱い者は、曖昧なものを言い訳にするが、強い者はそれを確固たるものまで追い求めて武器にする。

追い詰めて追い詰めて、逃げ場をなくしたところで掴んだそれは、あらゆるものの解決策となる。それこそが『アイデア』なのだ。

「橋場（はしば）の強さってのは、ピンチに陥ったときの発想の転換なんだよ」

九路田（くろだ）は、自分の弱さを知っているからそういう戦法がとれるんだ、と続けた。

「あいつは自分が、ものづくりの専門家でないことを誰よりもわかっている。だから、目の届かないところまで観（み）ようとするし、実際にそういう視点から、活路を見いだす」

たしかに、学科の課題における動画対決も、あいつのとった手段はそういったものが多かった。邪道ではあるかもしれないが、勝つための方法だった。

「俺たちには思いつかないタイプの戦い方、なんだな」

「そうだ。だから、橋場は今そういうことを考え……」

九路田がそこまで言いかけたところで、俺のスマホが急に鳴り響いた。

通知欄を見て、思わず笑ってしまった。

「恭也（きょうや）のやつ、俺がこんな時間に起きてるって、なんでわかるんだろうな」

誰からの電話か、九路田もわかっていたようだった。

「ヒヒッ、そういうとこが、あいつの恐（こわ）いとこなんだよ」

着信のボタンを押し、話を聞いた。

内容は端的だった。正直、一言で終わるようなことだったけれど、あいつはなるだけ丁寧に、しかし要点をしっかりと押さえて話し、3分ほどで電話は切れた。

「なんだったって？」

確認してきた九路田に、俺は苦笑すると、

「恭也はすごいよ、あいつは……本当に勇者か魔王か、そのどちらかかもしれねえ」

すぐに立ち上がると、

「九路田、色々やることができた。俺はちょっと出かけてくるから、お前はすぐに出動できるように、とりあえず家に帰って休んでくれ」

「わかった。で、どんな案だったんだ？」

荷物を肩にかけて歩き出しながら、俺は言った。

「くわしくは後で連絡する。まずは親父（おやじ）に会いに行かないと」

「親父？　お前のか？」

「ああ。そこから活路が見いだせるかもしれないんだ」

恭也だからこそ、恭也しか言うことを許されない、そんな案。

あいつの提案によって、俺は突然、当事者にされてしまった。内容が内容だけに、断ることだってできたし、恭也もそう言っていた。

だけど、話を聞き始めた段階で、俺は断る選択肢を消していた。

恭也が出した案が、とにかく勝つための案だと理解したからだ。

「……勝てよ、恭也」

◆

昨日のミーティングのあと、わたしと竹那珂(たけなか)は再度集まって、プレゼン資料の最終の詰めを行っていた。もし何か突っ込まれそうなところがあれば、朝までに橋場(はしば)にメールしてチェックしてもらおうと考え、2人でいくつかのポイントを探り当てた。

ひょっとしたら、これでもまだ足りないかもしれない。だけど、最後まで油断せずに取り組んでおけば、それが決め手になるかもしれない。得体の知れないものと戦ってきた社会人生活で、得られた知見だった。

竹那珂を見送って、1人で早朝の新宿(しんじゅく)を歩いていた。こんな時間は、通知の来るようなものはすべてカットしてある。だけどひとつだけ、例外は存在していた。

「何なの、こんな時間に」

言うまでもなく、橋場からの連絡だった。

いつものように、申し訳なさそうな入りから、きっととんでもないことを言ってくるに違いないと構えていたら、

「ちょ、ちょっと待ちなさいよ、貴方(あなた)それ本気で言ってるの!?」

予想していた以上のことを言われ、思わず大きな声が出てしまった。

「お願いって……別にわたしはいいのよ、でも茉平さんは、貴方に来てほしい、って言ってるのよ。それを無断で遅刻だなんて」

ひとつ息をついて、大切なことを確認した。

「……何をやろうとしてるの。それだけは言って」

説明が始まった。きっと急いでいるのだろう、何かの準備をしながら、スピーカーマイクで話していたのがわかった。

数分間の説明のあと、わたしは大きなため息をわざとついて、

「わかった。それは必要なことね。成功を祈ってる」

橋場のアイデアは、たしかに興味深いというか、これまでに考えていたこととはまったく違う視点のものだった。上手くいけば、社長に対して何かしらの影響を与えられるかもしれない、と思った。

だけど、わかりやすく諸刃の剣でもあった。

社長の心を逆なでするような流れになってしまったら、会話のチャネルごと閉じられかねない、そんなものだった。

本当に厳しいことをお願いしてごめん、という声が聞こえたので、

「まったくよ！　あの完璧超人みたいな人を前に、当日になってから「遅刻します」って言う身にもなりなさいよね！」

一応、文句だけは言っておいた。

橋場のお願いはわかりやすいものだった。

今日、ある作戦を決行するために時間が必要になった。

だから、プレゼンに遅れてしまうので、時間を稼いでほしい。

それだけだった。

でもその「だけ」が、とても大変であることについて、わたしも、そして橋場自身もよくわかっている。

わかっていて、わたしに頼んできた。君にしかできないんだ、という殺し文句で。

「大丈夫、やってやるわよ。貴方がいつも言ってる、あれでいくわ」

スッと息を吸い込んで、なるべく大きな声で、言ってやった。

「ぜってえ、なんとかするっ!!」

それだけ言って、電話を切ってやった。なんとか、してやろうじゃないの。

そして今、わたしはラスボスと対峙している。
ぜってえなんとかする、とまで言い切ったものの、実際、万全の態勢で構えている茉平

社長を前にして、時間を稼ぐというのはとんでもなく厳しいものだった。

「今回の企画については、ただビッグネームを揃えたわけではなく、そのバックアップとなる実働スタッフについても、信頼のおけるパートナーを採用しており――」

本当は橋場が言うはずだった企画の内容を、丁寧に説明していく。万が一に備えて、自分でもプレゼンの練習をしておいて本当によかった。

だけど、そういうわたしの用心深さを知っていた上で、代役を頼んできた橋場が憎たらしい。

(あいつ、世が世ならとんでもない鬼経営者になってたんじゃないの)

橋場の会社のスタッフ……峰山さんだったか、あの子に今度こっそり聞いてみよう。貴方の会社のボス、ほんとはガチガチのブラック社長だったんじゃないですか、って。

しかし、こっちのサクシードの社長は、本当に本当に手強い。

「3Dモデリングの発注についてですが、C社へ依頼するには少し予算の見通しが甘いように感じます。これについては、具体的な説明があるのでしょうか?」

「はい、こちらについては、ソッズの九路田氏がルートを持っていまして、その上で両者合意の額を……」

どこでそんなことを確認してるのというぐらい、資料の細部までしっかりと見ている。今でも開発の現場にいるんですかと聞きたいぐらい、相場や状況の把握も完璧だ。わたしも大概細かい性格だから、聞かれそうな点はあらかじめ回答を用意していたものの、それでも冷や汗をかくような指摘はいくつもあった。

なんせ、ミスは許されない。確認して後日回答します、なんて絶対に無理だし、この場ですべて解決して、納得してから是非を問う、ぐらいの狭き門なのだから。

（ああ、もう！橋場！　さっさと来なさいよ!!）

プレゼン開始から５００回は唱えただろう呪詛をくり返して、わたしは延々と、ラスボスの攻撃を受け続ける盾となった。

プレゼン当日の朝、僕は大阪へ新幹線で行き、箕面方面へ向かっていた。

関西に住んでいて、学生時代は車も持っていたから、比較的いろんなところに行った経験はあった。

しかし、それにも例外はあった。学生にとっては無縁の、いわゆる高級住宅地だ。しかも、大阪南東部の果てにあった大芸大とは正反対であるキタの土地となると、更にどんなところかまったく想像もできなかった。

そして、僕は今そのキタにある高級住宅地にいる。手入れの行き届いた庭と、純日本式の邸宅。その応接間に、堀井さんと並んで座っていた。

「不思議なものだね」

落ち着いた声で、堀井さんが言う。

「7年前、バイト募集でやってきた君と、今こうしてこの場にいることが、どうやっても想像なんかできなかったよ」

「僕も……同じです」

加納先生を通じて、堀井さんにあるお願いをした。

それはとてもじゃないけれど、普通にできるお願いではなかった。一度限り、今回の件があったからこそ、踏み込んだ領域だった。

「僕は、おそらく何もしゃべることはできないよ」

堀井さんは軽く苦笑する。

「思うことがありすぎて……今、何も考えられないんだ。申し訳ない」

「いえ、この場を設けて頂いただけで、充分です」

堀井さんにお願いしたこと。それは、ある人物と話がしたいということだった。

何日か後の話ではない。今日お願いをして、今日会うのだ。普通に考えたら、あまりに無礼な話だった。

だけど、今日しかなかった。どうしても今日、話したい相手だったから。

結果的に、堀井さんの尽力によってその人は会ってくれることになった。あと少しで、この応接室へいらっしゃるはずだ。

緊張の中、やがて音もなく、部屋のドアが開いた。

「お待たせしてしまって、すまなかった」

茉平忠広。

言わずと知れた、サクシードの前社長だ。康さんの父であり、そして、彼によって代表の座を追われた人物でもある。

「突然の来訪、ご無礼をお許しください」

立ち上がって挨拶をすると、忠広さんは何かに気づいたような表情で、

「君は……そうだ、以前にサクシードで」

「はい、アルバイトをしていました、橋場です」

そうか、と忠広さんは返した。

「何の、用件だね」

僕は呼吸を整えた。

これから忠広さんに聞くことは、アポも取らずに押しかけて聞くようなことではない。本来ならば、もっと手順を踏んで確認をし、その上で断られてもおかしくないことだ。

それを、今この場で聞こうというのだ。大変な失礼にあたる。

でも僕は、不思議とためらいがなかった。

康さんと、その周りの人たちにまつわる物語を紐解いていくと、かならずここへと至る以上、避けられないものであると、そう思っていた。それに加納先生と話をしたことで、それは確信に近いものへと変わっていた。

その上で、ここに来るまでに至った僕自身の物語においても、おそらくはここが大切な道標になるだろうことも。

しっかりと目を見据え、口を開いた。

「──茉平澪さんについて、です」

彼の目が、大きく見開かれた。

恭也(きょうや)との通話を終えたあと、俺はすぐに自宅へ戻り、出かける準備をした。

自宅のある中野(なかの)のマンションから、車を走らせて高速の入口へと向かう。少しでも時間を間違うと大渋滞になる地区だが、まだ人通りの少ない朝に出たこともあって、そこまで詰まることなく練馬(ねりま)インターチェンジへ行くことができた。

普段、あまり車を運転する機会はない。取材や気分転換で出かけることはあっても、それが都内ならば電車で充分だし、離れた場所に行くにも、ほとんどが公共交通機関で事足りたからだ。

何より、移動の際は読書や考えごとをすることが多いので、集中しなければならない車より、そっちの方が安全というのが大きかった。

「でも、たまにはあなたの方から、ドライブに連れて行ってくれてもいいんですからね」

助手席では、パートナーがそう言って頬(ほお)を膨らませている。

「さゆり、悪かったって。今度必ず連れて行くから、な?」

「ほんとですよ?　ここ最近、執筆がお忙しいのはわかりますが、ずっと仕事仕事で私の相手もロクにしてくださらないんですから」

ごめんなさいと、首をすくめて謝罪した。まったく、彼女には頭が上がらない。

「それに今回も、骨を折ってくれて助かった。どうしても俺からは連絡しづらかったし」

「別にそれは構わないのですが、どうしてなのです？　別に、仲違いをされたわけでもないでしょう」

そう、特に問題はない。俺の個人的な感情がその大きな理由だから、道理だの何だので言うなら、直接とっかかりを作っても良かったのだけれど。

「話が話だけに、どうしても一緒にいて欲しかったんだ」

「そうですか、まあいいんですけど」

さゆりは、さして気にもしていない様子で、ぷいと外を向いた。

「橋場恭也さん……」

「えっ？」

特に名前も出していないのに、どうして恭也絡みの話だとわかったのだろう。

「また、最近仲良くされているようですが、本当にその」

「何もないって！」

どうもこの人は、恭也の話になるとちょっとスネるというか、あやしげな妄想に絡めて話を結びつけたがるようだ。

関越道に乗ると、車の量は少し増えたようだった。主に上越方面へ向かうトラックやバスが、山のように北へと向かっていく。

学生の頃は、バイクでよくこの道を走ったものだった。だけど今は、不慮の事故で仕事ができなくなる怖さもあって、すっかり乗らなくなってしまった。

何かをしていようが、していなかろうが、時間は等しく過ぎ去っていく。これから向かう場所においても、何かの変化があるのかもしれない。

「熱量、伝わるといいけどな」

さゆりにも聞かれないぐらいの声で、小さくつぶやいた。

◆

「――以上で、ミスティック・クロックワークの企画説明を終了いたします」

頭を下げて、ハァ、と息をついた。

緊張につぐ緊張の時間が、やっと終わった。いつもならば、こんなにカロリーを使うプレゼンは、終わったらホッとするものだ。

だけど今日このプレゼンに関しては、なるべく終わってくれるなという思いがあった。なんせ、これが終わって、延長時間が終わってしまったら、

「ありがとうございました。ここまでの質問は都度、させていただきましたので、追加で

の質問はございません」

　このプレゼンの機会そのものが、終了してしまうからだ。

「ご質問、他にはございませんでしょうか。巻末にその辺りのことをまとめておりますので、必要でしたらそのおさらいをさせていただければ……」

「まとめてあるものはすべて拝読しております。結構ですよ」

　詰んだ。これで、わたしができることはすべて終わってしまった。

　チラッと時計を確認する。

　14時25分。あと5分で、予定の延長時間が終了してしまう。

（さらに延長なんて……無理に決まってる）

　何か、何か話すことはないだろうか。まだ橋場からは連絡がない。繋がなければ、みんなで作ってきたものが、ここで途絶えてしまう。

　それだけは、どうにかして防がないと――。

　しかし、無慈悲にも時間が過ぎる。

　静かな部屋には、時計の音すらも鳴らない。でも、わたしの心の中で、コチコチと秒針が動く音が響いていた。

　そして。

「少し早いですが、もういいでしょう」

これ以上待っても無駄と判断されたのか、社長は席を立ってそう宣告した。

「でも、まだ残り時間が」

「いらっしゃる確証がおありなんですか？」

橋場からは、特に連絡はなかった。わたしが信じる以外、確証なんてない。

「残念ですが、こちらの求めている条件が果たせなかったことで、今回の企画プレゼンテーションは成立せずとさせていただきます。お疲れさまでした」

思わず、膝の上で両手を握りしめる。

社長は音もなく歩き出すと、わたしの横を通り過ぎようとする。何もないまま、すべてがこんなにも、あっけなく終わってしまうのだろうか。

何日も何日も、ずっと企画のことを考え続けてきた。心が折れそうになったとき、橋場やみんなのことを思い出して、なんとか続けることができた。

そして、ついにはみんなの力を借りて、企画を最上のものにすることができた。石にでもなんでもかじりついてでも、世に出さなければいけないものに生まれ変わった。

（そうよ、今はわたしが……この企画を守らなきゃ）

だからわたしも、生まれ変わらなければ。

終わらせたくない。終わらせてなるものか。

「こちらから、質問させていただけませんでしょうか」

自然と、口が開いていた。

ちょうどわたしの真横で、社長の足が止まった。

「どうして、何故、ここまでしてゲーム制作を妨害しようとなさるんですか……！」

感情的になってはいけない、そうすることで、相手の思惑通りにされてしまう。そんなことはよくわかっていたはずなのに。

でも、どうしようもなかった。抱えていた思いが、あふれて止まらなくなった。自然と語気が強くなり、叫ぶように声が漏れた。

茉平社長が、橋場を求めていることはわかっている。彼抜きで、これ以上の話が進展しないこともちろん知っている。

だけど、ここまでずっとリジェクトをくり返され、頑として受け付けてもらえなかったことの説明をして欲しかった。時間稼ぎではなく、企画者として素直に。

「妨害しているつもりはありません」

社長は、少しも動じる様子はなかった。

「堀井常務を通じて、その理由もお伝えしたはずです。現在のサクシードで、体制を大きく変えてまで作る理由が見いだせない、と。すでに会社はゲーム事業抜きでの方向で進み始めています。それを大きく変えるとなると、社員のみなさんに過当な労働を強いることになりかねません。余程の理由がなければ、社長として判断できないことです」

静かな声で、わたしの言葉への回答があった。抗弁しづらい状況を揃えられて、言葉に詰まりそうになる。

「だから、その理由を用意いたしました。収益の担保になる知名度の高いクリエイターの召喚、魅力あふれる企画、そして理想を形にできるスタッフ。すべてを揃えた状況下で、理由としてこれ以上のものはありません」

「努力されたことは認めます。しかし、完全新規ＩＰで作るゲームソフトはリスクが高く、安定した収益を保証できるものではないでしょう」

そんなことを言われてしまっては、何も反論できる余地はない。

「最初から、通す気はなかったのですか」

前提から覆されるような話に、こちらも感情的になる。

「そうではありません」

「だって現に、こうして何度も理不尽なリジェクトを重ねられ、企画は大きく形を変えました。ここまでして、それこそ命がけでやってきたんです。なのにそんな、すべてを否定するような言葉で……！」

立ち上がった。たとえすべてが終わっても、言わなければと思った。

「何か、社長ご自身に思うところがあったのではないのですか――」

ハッとした。社長の表情が、ずっと優しげに微笑んでいたはずなのに、いつしか真剣な、確固たる信念を持ったものになっていた。

「そんなものは……ないんですよ。命がけでなんて、あっちゃいけないんだ」

たとえとして言った言葉を、大切に反芻するように、彼は否定した。

「社長――」

圧倒された。静かで、穏やかな口調だったけれど、そこには決して触れられない、触れてはいけないような響きがあった。

この人は、ここまで来るのに、何を失ってきたのだろう。自身の信念を貫くために、どれだけのものを棄ててきたのだろう。

言葉が続かなかった。何か言わなければ、終わってしまうとわかっているのに。

社長はそんなわたしに、謝罪するかのように目を伏せると、

「もう、時間です」

そう告げて、会議室のドアへと歩き出した。

手元の時計を見る。残り10秒で、約束の期限だった。

（こんな終わり方なの、橋場）

大きな扉の上に備え付けられた時計が、最後の時を刻もうとしている。

秒針はすでに残り5秒を差していた。

社長はゆっくりと歩を進める。すべての終わりを告げる、扉へ向かって。

みんなの物語が、ここで終わってしまう。

4秒前。

ただ一心にストーリーを紡ぎ続け、培われたその力のすべてを企画に託した、鹿苑寺貫之の物語が。

3秒前。

歌い手として脚光を浴び続け、今もなおその輝きを保ちながらも、脇目も振らずに企画へ参じてくれた、小暮奈々子の物語が。

2秒前。

そして、ずっと絵を描き続け、ものを作り続けたことで、何よりも強いメッセージを橋場へと送った、志野亜貴の物語が。

1秒前。

橋場恭也と共にそれぞれの道を歩いてきた、素晴らしいクリエイターたちの物語が、こんなにも脆く、壊れてしまうのか。

扉に、社長の手がかかろうとした。

秒針が天辺を指し、14時30分ちょうどを告げた、その瞬間だった。

「思いはあったんですよね、茉平さん」

会議室のドアが、外側から大きく引いて開かれた。

窓際から照らされた太陽の光が、そこに集中して真っ白に染め上げていた。やがて光に目が慣れてくると、そこには待ちわびた彼が立っていた。

「橋場……っ！」

名前を呼んだ。10年間、ずっと呼び続けた、希望を繋ぐ名前を。

「ごめんね、河瀬川。ギリギリ……間に合ったとは言えないな、これは」

かすかに困ったようなその顔に、わたしも安堵して言葉をぶつけた。

「あとで覚えておきなさい」

「覚悟しておくよ」

橋場も苦笑してそう答えると、社長に向き直った。

「遅かったですね、橋場くん」

社長は笑って、到着を認めた。

「すみません、時間は守る方だったのですが」

妙に落ち着き払った口調に、ちょっとだけイラッとした。こっそり太ももでもつねってやろうかって思ったけど、不満は祝勝会までとっておくことにした。お酒にまみれて、全部ぶつけてやるんだから。

「河瀬川」

橋場は小さな声で言った。

「社長と、茉平さんと2人で話をしたい。いいかな?」

「言われなくてもそうするわよ。もう、本当に疲れ果てたわ」

わたしは改めて社長に向き直ると、

「ではここからは、企画責任者の橋場恭也と交代いたします」

そう伝えて、頭を下げた。

「わかりました」

社長の声を確認し、橋場に軽くうなずくと、わたしはそのまま部屋を辞した。

会議室のドアを閉じて、エレベーターホールへと移動し、下へ向かうボタンを押す。やがてやってきたエレベーターに、転がり込むようにして入ると、そのまま奥の壁にもたれかかった。

「首の皮1枚……繋がったのかしらね」

これからが本番なのはわかっているし、上手くいく算段があるのかもわからないけれど、どうにか橋場が来るまで持ちこたえられた。役目は、終わったということだ。

でも、ここからの展開はわからない。橋場が遅刻をしてまで、何を準備してきたのか。誰に会って、何を話したのかという概要は聞いているけれど、それによってどのように話をするかまでは聞いていない。

逆転の方策は、橋場の中にしかない、ということだ。

「お願い、橋場。企画を……通して」

誰かにすがって頼ることなんて、ずっと嫌いだった。自分の力でなんとかなることは、必死に食らいついて、解決するのがすべてだと思っていた。

でも、できることをやり終え結果を待つだけの人間にとって、祈ることぐらいしかないことも、わたしは理解していた。いや、理解できるようになった。

企画に関わって助けてくれたみんなの顔を思い、そしてわたしは心の底からの想いを込めて、両手を組んで、

――わたしたちの勇者に、祈った。

◆

「こうやって会うのは、6……いや、7年ぶりになるのかな」

ひさしぶりに会った康さんは、恐くなるほどに以前と同じだった。

加納先生にも同じことを思ったが、張り詰めた空気の中で生きている人は、加齢することがないのかもな、と思った。

「そうですね、本当に、おひさしぶりです」

「楽しくお茶でも飲んで話ができればよかったんだけどね。それこそ、最後にあったボド

ゲカフェみたいに」

茉平さんは笑って、自分の席へと戻っていった。

僕もその正面にある、さっきまで河瀬川が座っていただろう場所へ、腰を下ろした。

静かだった。一切の音がなくて、2人の話す声だけが響いていた。

「さて、それでは始めましょうか」

「はい」

かつて僕らは、同じ会社でアルバイトとして働く仲間だった。彼が先輩で、僕が後輩。共にゲーム好きで、何度も語り合った。

今、こうして7年ぶりに向かい合っても、その空気はかつてと変わっていない。

けれども、

茉平さんは、代表取締役社長、茉平康になった。

僕もまた、企画責任者の橋場恭也になった。

もう重なることはないと思っていた2人の人生は、まさに紆余曲折を経て、ここでまた交わることになった。

異なる立場と思想を持つ、2人として。

「企画そのものの話は、河瀬川さんからすでにしていただきました」

「では、僕が何かを付け加えることはもうありませんか？」

茉平さんは軽くうなずいた。

「ええ、素晴らしいプレゼンテーションでした。こちらの質問にも淀(よど)みなくしっかりと回答をいただいて、どれも満足のいくものでした」

内心で、河瀬川に礼を言った。社長は気遣いのできる人だけど、お世辞を言うような人ではない。きっと、言葉通りの素晴らしいプレゼンだったのだろう。社長は続ける。

「だからここからは、この企画がどうして作られるべきなのか、その意義についての話をしていきます」

来た、と思った。

手に自然と力が入る。

「はい、お願いします」

僕の目の前にいる人は、エンタメの世界を知り尽くした人だ。その上で、知った上で制作の現場を憎んでいる。

生半可なことを言っては、斬られる。

覚悟を決めて、口を開いた。

「エンターテイメント、娯楽作品には、夢が必要です」

まずは、作品を作ること、そのものの話を始めた。

「僕個人の話で恐縮ですが、これまでの30年弱の人生において、何度も何度も、エンタメの作品に救われてきました」

　僕の大切な友人たちが、敬愛するクリエイターたちが作り出してきた、愛すべき作品たちを思い浮かべた。

「それは、まさに作品からでしか受け取ることのできない、貴重でかけがえのないメッセージに満ちていました」

　対人間の言葉だけじゃなく、作品からでしか伝わらないというものはたしかにある。ときとしてそれは、何よりも雄弁だった。百億の熱弁よりも、たった1枚の絵に心を動かされた、そんなケースは枚挙にいとまがない。

「そして、スケールの大きな作品は、人を勇気づけます」

　盛大に発表され、公開が予定されると、これを観るまでは、遊ぶまではと生きる甲斐を与えられることが多い。日常のつらいことだって、乗り越えられるように思えてくる。

「だから僕は、今ここに夢の企画を作りました。各界で活躍する、華やかなクリエイターたちの競演です。みんなが心待ちにして、勇気づけられる。そんな作品を、サクシードさんと作ります。ぜひ、お力をいただけませんか」

　言って、頭を下げた。茉平さんはうなずくと、

「作品というものに力があることは認めよう。それはこれまでの歴史が語ってきたことでもあるし、言語の壁を越えて成立したものもたくさんある」

その事実を認めながらも、

「しかし、集団でものを作ることについて、今はあまりに問題が多すぎる。しかもそれらは改善されることは少なく、逆に要因は増える一方だ」

数々の作品が生まれたことは事実として、とふまえた上で、

「一部の上層における悪辣な搾取、前提から無理な納期の押しつけ、そして何よりもクリエイターの営みを壊していく、劣悪な環境。そうやって極限に至った人間から絞り出した、生け贄と引き換えに作品は作られている。君だって、それはわかっているはずだ」

いやというほどに覚えがある。

雑で考えのない上層部の判断により、現場が貧乏くじを引いて崩壊した例は数知れず、結局そうして泥を被ってきた人間には何の報いもないままに、たとえあったとしてもそれらは仮初めの名誉として消費され、一瞬で消えてなくなっていく。

残されるものは、疲れ切った人間だけ。そう、僕自身がそうだったから。

「仰る通りです。でも、改善は可能なはずです」

事実がそうであれ、現場だって何ひとつ救いがないわけじゃない。これまでも、何も成されてこなかったわけじゃない。

「茉平さんも手がけてこられたように、工程管理の厳格化や指示を明確にすること、不必要なリテイクのカットや確認、デバッグの専門化など、ゲームというものが組織で作られ

るようになって半世紀近く経つ今でも、まだ工程の最適化は途上にあります。だからこそ、僕らの世代が大きく改善していくことで、変わるとは思いませんか？」

「そう、僕もそのように思って改善をしてきた。できることはすべてやってきたし、成果を上げられたケースもある。しかし——」

かすかに顔をしかめると、

「無駄だった。この業界全体が、無理を強いて当然のように思う人間であふれていた。全体が腐っているんだ。もはや、やり直せる段階にはない」

そう、言い切った。この人が言う以上、言葉には信頼がおけた。本当に、できることを散々やってきた上で、絶望したのだろう。

正義を信じて戦った末に、悪に堕ちた魔王のようだった。

「茉平さんが、ずっとこのことに心を痛め、改革をしようとしてきたことは僕も理解しています。実際に現場でそれを目の当たりにして、知っていたことです」

「ならば、僕の言葉の意味はわかってもらえるね」

「はい、でもそれは、あくまでこれまでの茉平さんが成されたことです」

「君は違う、とでも言うのか」

いいえ、と否定して、茉平さんを見つめた。

「僕だけでは不可能です。ですが、茉平さんとならそれが可能です」

「……僕と、だって？」

茉平さんの返事に、はい、と答えてうなずいた。

「僕はこの数年間、エンタメとは違う世界へも赴き、様々な世界を見てきました」

自動車業界、そして広告業界。どちらもブラックになりがちで、長時間勤務やハラスメントが多数発生する世界だった。そういった事態が目の前にありながらも、見て見ぬ振りをして逃げるような事例もたくさんあった。

「でも、上に立つ人間がそれをしっかりと逃げずに見て、適切な対応を取ることで、充分に改善はできるんです」

うちの会社は大きな組織ではなかったけれど、言葉が届く分だけ、それらを徹底するのは可能だった。

連絡をスムーズに、申し送り事項を確実に、それらの工程が面倒でないように、自動化できるところは速やかにシステムを作る。面倒がらずに、上の工程から変革していけば、決して無理な話ではないという実感があった。

「茉平さんは、この命題においてのエキスパートであり、上手(うま)くいった部分も、そうでない部分も熟知されています。そこに、僕が他業種で得た知見を生かせば、これまでに見つからなかった方法が、必ず見つかるはずです」

僕だけでは、どうしても視点が偏ってしまう。何より、ゲーム業界から離れて久しい状態では、いくら他業種の経験を訴えたところで、実効性のない理想を叫ぶだけになりかねないだろう。

主観と俯瞰（ふかん）。2つが上手（うま）く噛（か）み合（あ）えば、きっと有効な対策ができるはずだ。

「僕を信じてくださいませんか。ここから、この作品から、共に変えていくことをお約束します」

茉平（まつひら）さんの目が、鋭さを増した。

斬ってきたか、とでも言われているように思えた。

「僕は君のことを、信頼している」

何もひねった表現のない、真正面からの言葉だった。

「それは、ずっと共に仕事をしてきたときから、わかっていたつもりだ。上司にも同僚にも部下にも、等しく自分の信念を伝えられる人間だと思っている」

「――ありがとうございます」

「だけど、それとこの業界への絶望は、別だ」

今度は、茉平さんが斬る番だった。

「たとえ君であろうとも、それは聞き入れることはできない。ゲーム制作の現場において、ずっと、何年も前から考えてきたことの実行なんだ。それをこの場で、この30分や1時間の話で、覆すわけにはいかないんだ」

頑なだった。溶けることのない氷のような、冷たく、そして揺らがない信念を、茉平さんの言葉から感じ取った。

（これぐらいでは、1ミリも動かせないか）

そっと息をついた。馬鹿正直に斬り込んだのでは、この人は切り崩せない。

「GOサインを出すつもりは、あくまでもないんですか」

前提の確認をした。

「この話を続けるのなら、そうだね」

茉平さんはうなずいた。

「君もわかっていたはずだ。度重なるリジェクトの数々を、河瀬川さんからも聞いていただろう。これだけでも、僕の姿勢が理解できたと思っていたが」

そう、その事実だけを聞いていたら、到底この話は動かないと思ったはずだ。

「いえ、だからこそ、僕はこの話に乗ったんです」

「なんだって？」

「もし本当に、心の底から茉平さんがすべてを否定していたなら、もっと初期の段階で、あなたは完全に否定していたはずだった」

この企画は作らない、何度言ってきても無駄だ、そのような回答をすることだってできたはずなのに、茉平さんはそれをしなかった。

それは、何故だろうか。

「だけどあなたは拒絶をせず、僕ともこうして話す機会を作りましたし、リジェクトの中に希望を見せた。それは何故だったんですか？」

「あまりに正面から否定すると、失礼にあたると思ったからだ。だから、少しぐらいは可能性を……」

「いや、それは違う」

きっぱりと、否定した。

「あなたはそんな人じゃない。ないとわかっていて揺さぶるような、卑怯なことは絶対にしないんだ。だから僕は、あなたに会いに来たんだ」

茉平康は、まっすぐな人だった。だから多くの人がついてきたし、加納先生も堀井さんも、彼のことをあきらめきれなかった。

「ゲームに、この世界に、あきらめきれないこと、未練が残っているんだ。だから、最後の決定的な一言を言えなかった。違いますか？」

「………っ」

初めて、彼がひるんだところを見た気がする。

共に何も話さないまま、静かに無言の時間が流れていく。

やがて口を開いたのは、茉平さんの方だった。

「どうしても作るつもりなんだね、この作品を」

　僕はゆっくりとうなずく。

「はい、作ります」

　その言葉を受けて、彼はフーッと大きく息を吐き出した。

「君たちがゲームを作れないよう、業界内の主だったところに手を回した」

　そして自ら、竹那珂（たけなか）さんが話していた件について触れた。

「こんなことはしたくなかった。だけど、認めるわけもいかなかった。だから、裏から手を回すようなことまでしたんだ」

　言葉に、やや冷静さが欠けたようにも思えた。茉平さんにしてはめずらしく、感情的な言葉があふれた。

「わかっただろう？　僕は君の思っているような清廉な人間じゃない。手段も選ばず、嫌なことを平気でする人間なんだ。だからもう、あきらめて……」

　僕は首を横に振った。

「最初から、清廉だなんて思っていませんよ」

「えっ？」

「むしろ逆です。僕は茉平さんを、人間味ある魅力にあふれた人だって思っていました。汚いのはむしろ、僕の方です」

そこまで話したところで、スマホに通知があったのに気づいた。貫之からの短いRINEだった。その内容を確認し、

（成功したか、ありがとう、貫之）

心の中で礼を言って、茉平さんに向かい合った。

「改めて言います。僕らはゲームを作ります。何がどうあろうと」

「だから、それは不可能だと」

「できます。今まさに、その算段が立ったところです」

「なっ……！」

茉平さんが、思わず立ち上がった。

「そんな馬鹿な、出資する企業が、君たちの関われる範囲で確保できるわけが――」

「ないですね、業界の中では。だから、外に求めたんです」

僕はそう答えて、窓の外に目を向けた。

◆

恭也にRINEを送った。既読がついたから、確認したということだろう。

緊張が一気に解けて、俺はフーッと息をついて、目の前にいる父へ頭を下げた。

「ありがとうございます。橋場も喜んでいるはずです」

言われた当人は、いつも通りの、それこそ俺がこの人を認識するようになってから一切変わることのない、冷静な表情を崩すことなく、

「まだ、協力するという口約束を得たに過ぎません。ここからどう交渉するかは、貴方たちの仕事です」

甘えは許さない、とでも言いたげな表情だった。

「肝に銘じます」

再び、頭を下げた。

朝から川越までやってきて、したことがこれだった。父の力を借りて、エンタメ以外の業界からの出資を取り付けること。もう土下座でもなんでもするつもりで来たのだけれど、父は父らしく、企画書と数字を見せなさい、という冷静な反応だった。

結果、これならば失礼にあたらないだろうと、数社に連絡を取ってくれた。あとは九路田が動いてくれるだろう。

でも、父は変わったなと思う。

これまでならば、俺の願いなんてそうそう聞き入れなかっただろうし、相談の内容が内容だから、即座に切り捨ててもおかしくなかった。

「勘違いしては困りますが、貫之の言葉だから聞いたわけではありません」

……心の声、読む力でもあるのかこの人は。

「あの、だったらどうして」

こんな厄介事を取り合ってくれたのだろう。

「そうですね、彼に貸しを作ったのかもしれません」

「彼、橋場に？」

俺が大芸大に復学する際、何かしらのやり取りがあったことは聞いていたけど、それが何か関わっているのだろうか。

「いや、これは意趣返し、とでもしておきましょう」

「…………？」

めずらしく、父がかすかに笑ったように見えた。

◆

予算の確保が難しいと聞かされた昨日の段階で、僕はまず自分の会社からのルートを探った。エンタメに関係のない企業ならば、茉平さんの根回しも届いていないと踏んだからだった。

しかし、エンタメ産業はそもそも水物であり、そこに金を出そうというのは、相応の手順や理解がないと達成は難しい。それを一般企業に求めるのは難しく、大手の代理店を仲介してからでないと、プレゼンすら難しい状況にあった。

だから、奥の手を使った。

貫之の父であり、大病院グループのトップでもある鹿苑寺望行氏。彼ならば、大きな企業グループとのやり取りもあるはずで、便宜を図ってもらうことも可能だと考えたのだ。

もちろん、上手くいく確証なんてまるでなかった。なんせ彼とは過去の因縁もある。失礼なことを散々した上に、大切な子息を奪った相手だ。

だけど、貫之が上手くことを運んでくれたようだ。彼にも感謝をしつつ、その父にも最大の感謝を述べた。

（望行さん、ありがとうございます）

貫之に会ったら、どう仰っていたか聞くとしよう。恐いことを言われてるかもしれないけれど。

「どうやって、そんなルートを得たんだ、いや……」

僕の話を聞いて、茉平さんはそう言ったあとで否定をし、

「君が何らかの対策を講じることを、予想できなかった僕のミスだ」

「人の出会いに恵まれただけです。それに――」

ようやく、この言葉を言えるところまで来た。

息を大きく吸って、吐く。

「やっとこれで、あなたと交渉ができます」

彼の顔が、驚きに満ちた。

「どういうことだ？」

「前提を作ったんです。お金や環境を用意する、しない、だとどうしてもこちら側が不利になってしまいます。だからそこをまず解決した上で、次のフェーズに進められるようにしたかったんです」

ミスクロを作るか作れないか、の選択ではなく、作る前提で乗るか乗らないか、の話に発展させたかった。そこまでストーリーを作った上で、話したいことがあったから。

「だって僕はどうしても――」

今日、ここに来たのは最初からそのつもりだったから。

「貴方と、そしてサクシードと、このゲームを作りたいから来たんです。目的は、それしかないんです」

「………っ」

茉平さんが息を飲んだ。

「本当はゲームが好きで、作るのも大好きで、作っている人たちのことも大好きな貴方と、またゲームを作りたいから来たんです」

最後に彼と会った日。たしかに茉平さんは、言った。

ゲームを好きでいて欲しいと。

後になって、あの日に語り合ったことが活きてくるような、そんな気がした。予感は間違いではなかった。今日ここにたどり着くための、あれは準備だったんだ。

「また、僕の話をします」

エンタメの世界によって、救われてきた僕の人生。

道に迷い、苦しむようなこともあったけれど、好きであったことを後悔するようなことは、結局のところ訪れなかった。

一度は、その世界から離れることになった。

「ゲームを作る側に回って、そして離れて別の業界へ行って。まったくと言っていいほど触れることもなくなり、このままゲームを嫌いになるのかもと恐ろしくなりました」

でも、そうはならなかった。戻ってきたときに、時間を空けた分だけ愛おしい気持ちは増した。

そしてより深く、作り手と作品を愛せるようになった。

「少し離れた時期もあったので、完全にとは言えないんですけど」

ちょっと恥ずかしいところもありつつ、僕は胸を張る。

「ゲーム、好きでいましたよ。約束を果たしました」

「…………」

僕の言葉への返答は、沈黙だった。

だけどその表情は、これまでよりもずっと雄弁だった。

言葉にはしなかったけれど、茉平（まつひら）さんもまた、あの日に交わした言葉を思い出してくれているはずだ。僕はそう、確信した。

お互いに無言のままの時間が過ぎる。

先にそれを破ったのは、茉平さんだった。

「……ひとつ、僕から尋ねてもいいかな」

「はい」

「どうして、そこまですべてを賭けた企画がリメイクなんですか？　そのことにも、君は意味があると言うのですか？」

真っ当な疑問だと思った。

どうして、過去を再び蘇（よみがえ）らせたのか。見ようによっては、過去の遺産に執着している、逃れられないと思われる行動だろう。

ただ単に、過去のリソースを使えるから、工期を短縮できるから、リメイクという言葉をそのまま使うのでは、マイナスのイメージを持たれかねない。

でも、そうではないんだ。

「あります」

僕は答えた。

「過去の思い出にすがると思われるかもしれませんが、僕の中では……逆なんです」

「逆？　でも過去のリソースを使うのでしょう」

「はい。ですがそれらを、すべてにおいて使うわけではありません。重要なのは、至らなかった部分、失敗をした部分なんです」

判断を誤り、見て見ぬ振りをし、結果として失敗に終わった部分。それらを切り捨てて新しいものを作るのではなく、あえて過去を見つめた上で、作り直す。

血と汗と涙の結晶を、あれは失敗作だからと突き放すのではなく、経験を重ねたことで、新しい舞台へと連れて行く。それこそが、僕の考えるリメイクだ。

「あそこは良かったね、おもしろかったねと、長所を強化するリメイクも、もちろん方法としてあります。しかし……」

それでは、失敗した部分はなかったことになりかねない。

「失敗した部分をきちんと見据えないと、過去を肯定できないんです」

見たくないものを見なければ、先に進めない。

やり直しの人生を選択して僕が見たのは、避けて通るはずの現実だった。

でもそれが、僕を成長させてくれた。

「過去を肯定――」

茉平（まつひら）さんが、咀嚼（そしゃく）するように僕の言葉をくり返した。

僕は知っている。彼の中に、それに該当する見たくない過去があることを。

「そうです。過去を、再びしっかりと見るところから、始まるんです」

僕はカバンから、ひとつの資料を取り出した。

「ミスティック・クロックワークに至る重要な原点、その資料です」

既に変色し、角はボロボロに破れているけれど、何度もめくられ、閲覧されたことがわかるものだった。

「ミストワールド・クロニクル。このタイトルに、聞き覚えはありませんか？」

茉平さんの目が、驚きで見開かれた。そして、

「まさか……父に会ったんですか」

僕はゆっくりとうなずいた。

◇

「茉平澪（みお）さんについて、伺いたいんです」

その人の名前を挙げてから、その場に沈黙が流れた。

重い空気の中、僕はそれでも言葉を繋いだ。

「僕は、これから茉平社長——康さんと話をします。ゲーム制作について強い抵抗を持っている彼に、もう一度、ゲームを作って欲しいからです」

しかし、と言葉を切って、

「彼は頑なに心を閉ざしています。それを開かせるには、閉じることとなった原因である、澪さんのことを知らなければという結論に至りました」

深く、頭を下げる。

「思い出すのもつらいことかと思いますが、どうか、教えて頂けませんでしょうか。茉平澪という人物が、どういう存在だったのかを」

やはり、話してはもらえないのかもしれない。あまりにも傷が深く、誰もが触ろうとしなかったものに、僕は触れようとしている。申し訳なさで、頭が痛む。

だけど、しばらくして、鼻をすするような、涙混じりの声が、

「すべて終わってからこんなことになるとは、これが報いなのか」

忠広さんの口から、こぼれるように出てきた。

「大体の経緯は、堀井くんと、あとは河瀬川さんから聞いているだろう」

はい、と答えた。ここで言う河瀬川というのが、加納先生であることもすでに本人から伺っていた。

「私は学生の頃、作家を目指していた。小説家になりたくてね。才能がないのに、闇雲に書いては小説の同人に載せてもらって、作家ぶっていた青二才だったよ」

　だけど、芽は一向に出なかった。

　自分の書くものは誰にも評価されない。そう感じ、塞ぎ込んだ。

「そこで知り合ったのが、澪だったんだ」

　彼女は忠広さんの書いた小説をすごくおもしろいと大いに褒め、そして自分の持っている才能を、忠広さんの作るものへ惜しみなく注ぎ込んだ。

「わかっていたんだ。澪の方が、クリエイターとしてどれだけ優れていたか。私などと共にいるより、もっと自由に作品を作らせた方が、彼女のためだと」

　でも、忠広さんは澪さんにすべてを委ねた。そしてその輝く才能によって、作るものが次第に評価されるようになっていった。

「澪だけが、生きがいだった。澪がおもしろいと言ってくれるから、私はものを作ることができたんだ」

　だが、澪さんは亡くなった。しかも、作品を作るために無理を重ねたことによって。

「彼女がいなくなって、私はもう何かを作ることに興味が持てなくなった。できることと言えば、会社を大きくして、康に残すぐらいしかなかった」

　そう考えて、忠広さんは経営に専念するようになった。少しでも儲かるものを作り、会社の規模をただ大きくすることを考えた。康さんから反発を受けても、いずれわかるときが来ると信じて突っぱね、ついには会社から追い出した。

「それでもいずれは、康に会社を譲ろうと思っていたんだ。なのに……」

康さんの思いは、まったく逆の方へ向かっていた。忠広さんはすべてを奪われて、会社から追われた。

「残されたのは、わずかな金とこの家だけだ。澪と、康と、落ち着いたら3人で住もうと思っていた、ここだけだ」

そこに彼は、今こうして1人で住んでいる。愛していた人を失い、息子も出て行き、誰とも交流を持たないまま、1人きりで。

「罰が当たったんだろうな」

悔いてはいるけれど、当然のことだと忠広さんは言った。今自分の置かれている立場は、なるべくしてなったものだと。

だけどどうしても、気にかかっていることがあるという。

「今さら、私が言える資格もないとはわかっている、が」

忠広さんは、涙を机の上にこぼしながら、両手をついて僕らの前に頭を下げた。

そして、むせび泣きながら、

「康を……なんとか助けてやってくれないか」

自分のやってきたことのせいで、母を亡くし、父と、それに関わるものを深く憎むようになった息子を、なんとか助けて欲しいと、彼は訴えた。

「あの子が、あの子が愛していたものを、私はすべて奪ってしまった。それなのに、深く関わることもなく、子供のように逃げ続け、ついには突き放された。彼が今、かつて自分が愛したものすら、憎んでいることを聞いている。どうか……どうか、お願いします、彼を、康を、どうか」

最後の方は、もう言葉にならなかった。忠広さんの訴えを聞いて、堀井さんもまた、両の目から涙をこぼしていた。

地位も名誉もあった、しかも年齢を重ねてきた人が、こうして自分をさらけ出して頭を下げている。想像もできないほどの後悔と、なんとかしたいという思いが、そこにはあったのだろう。

絶対に伝えなければならないと、僕は大きな決意を込めてうなずいた。

机の上に置かれた資料を、そっとなでる。

「ミストワールド・クロニクル。もう1つのミスクロの企画書です」

偶然で片付けるには、あまりにも奇跡的な一致だった。

16年前、新しい世紀を目の前にした１９９９年に生まれた企画、そのタイトルは、僕らと同じ『ミスクロ』を略称とするタイトルだった。

「そうだ、忘れるわけがない……覚えているよ」

当時少年だった茉平（まつひら）康も、このタイトルについて聞かされた1人だった。

「後世に伝えていく、そういうテーマを持ったタイトルだったんですよね」

クロニクル。年代記を護（まも）り、受け継いでいく人たちの物語。

忠広さんが作ろうとしていたのは、次の世代、つまりは子を意識しての作品だった。不器用極まりない彼は、作品を通じて、息子にメッセージを送ろうとしていた。

しかし、その作品は志半ばで姿を消し、皮肉なことに、父と息子の仲を引き裂いた。

「忠広さんにとって、大切な企画だった。だけど、思い出すにはつらすぎることが多すぎて、彼はこの企画を凍結し、資料も素材もすべて廃棄した」

「僕もそう聞いていた。もう絶対に、見ることのないものだと」

「でも、残されていたんです。他ならない忠広さんの手によって、1つだけ」

茉平さんは、信じられないという目で、企画書を見つめている。

「あの人は、母さんに関わることなんてとうに忘れたと思っていた。冷酷で人の心がないと。だから経営のことばかり考えていたんだって……」

父から、そして母から託されたもの。それを知ることができれば、きっと茉平さんは思いを新たにしてくれるはずだ。

澪さんがどんな人だったのか、創作にどう向き合う人だったのか、僕は知らない。

だけど、残したものはある。その作品の力は、今でも多くのことを語ってくれる。

「プレゼンの冒頭にも言いました。作品は、受け取った側に何かしらのメッセージを伝えます。僕と同じように、それで救われた人も数多くいるはずです。もちろん、作品はわかりやすい言葉を持っているわけじゃないから、観る人の解釈により、意味合いが変わることもあります」

１００％、作者の意図通りに受け取られる作品なんてものはない。間違えた解釈や、意図も受け取れず、わけのわからないものとして片付けられるものもある。ある人を感動させた何かが、別のある人には怒りを与えるかもしれない。

「――それでも、いつかどこかで、作品から何かを受け取って救われる人がいるかもしれない。だから、リスクを背負ってでも、僕は作品を作り続けます」

作品も、意味も積み重なる。負の側面を持っていようとも、それは無ではない。

「そういった混在したものも含めて、想いを繋げていくことが大切だって、僕は思ったんです。無駄と片付けず、間違いと決めつけず、進むことが」

その上で、たどり着いた言葉。

どういった経緯で、それが受け継がれてきたのか、僕は加納先生との会話で、やっと知ることができた。どれだけの人に、作品と共に勇気を与えてきたのだろう。

「この世には、無駄なことなんかひとつだってない、と」

「あっ……」

茉平さんの口から、心の錠が壊れたかのような思わぬ一言が、こぼれ落ちた。

「茉平澪さんの口癖だったそうですね」

その口癖は、河瀬川美早紀から河瀬川英子へと伝わり、そして遠い別の世界で、橋場恭也を奮い立たせる言葉になった。

作品に触れ、過去を見て未来を作る。クリエイターという、悔いが多く業の深い仕事において、すべてを肯定して前を向ける、そんな言葉だと思った。

「そうだ、母さんの口癖だった。僕が後悔するようなことや、こんなこと何になるんだと、拗ねた言葉を言ったときに、必ずそう言って、元気づけてくれた……」

思い返すように、茉平さんは天を仰いだ。

「茉平さんに、見てほしいものがあるんです」

雄弁に語ってくれるはずのものを、僕は彼に示す。

「見てほしいもの、僕が……？」

うなずいて、大判のタブレットを持って、茉平さんへ近づいた。

「こちらです」

ファイルをクリックして、全画面で表示された画像。

「そんな、まさか……！」

茉平さんの顔が、これ以上なく驚いたものに変わる。

「探していらした、イラストです」

ミストワールド・クロニクル。幻の作品となったそのゲームの、メインビジュアル。

茉平澪が手がけ、人生の最後に完成させたイラスト。

そして、もはや誰も見ることがなくなってしまった、失われたイラスト。

それが今こうして、息子である康さんの元へと受け継がれた。

「今見ても、まったく古びてない。すごい絵だ……」

感慨深げに、茉平さんはつぶやく。

僕自身、イラストを観たときにはかなりの衝撃を受けた。

20世紀の終わりに、こんな先進的な表現ができるイラストレーターがいたこと。そして、この1枚の絵から想起される様々なメッセージに。

僕は澪さんの人となりを知らないけれど、きっと彼女は、この絵にものすごく多くのメッセージを込めたのだろう。その中にはきっと、康さんに対してのものもあったはずだ。

そして今、それがようやく伝わろうとしている。

「二度と、見ることはできないって思っていた。積み上げていたものを全部なかったことにしていった僕には、もう絶対に、出会えないものだって、思ってたのに……」

驚きと喜びがない交ぜになって、一気に茉平さんの中へ押し寄せていく。

「忠広さんから、息子さんに渡してくれと頼まれたんです」

「父が、そんな」

「託されたんです。かつてのミスクロは、もう形にすることはできない。だけど、この素敵なイラストを含め、その想いを受け継ぐことはできるはずだ、って」

親から子へ、伝えたかったこと。

「それを、形にして欲しいと託したんです。次の世代である僕たち、そして」

誰よりも、託したかった相手を見つめた。

「茉平さん、貴方にです」

「僕に……」

大きくうなずいて、僕は提案した。

「作りましょう。忠広さんが、そして澪さんが、作ろうとして果たせなかった物語を。様々な思いを結集して次に繋げていくには、茉平さん、康さんの力が必要なんです」

これで、僕の持ってきたすべてのことを伝えきった。

あとはもう、彼のターンを待つのみだ。

「…………」

互いに黙ったままの時間が過ぎる。

実際にはそんなに長くなかったのだろうけど、僕はおそろしく長い時間に思えた。

時計も何もない、静まりかえった空間。２人のかすかな呼吸音だけが、響く。

遠くで飛行機の飛ぶ音が、耳の端に届いて、そして去っていった。

茉平さんは、一度ゆっくりと息を吸って、吐いた。

そして彼は、静かに口を開く。

「当企画を、承認いたします」

一言一句、間違いなく確認した。茉平社長からの承認が……下りた。

「やっ……！」

歓喜の声をまさに上げようとした次の瞬間。

「ですが、僕は当企画に関わることはできません」

冷静で、しかも迷いのない口調だった。

「えっ？」

一瞬、理解が追いつかずに戸惑いの言葉を漏らす。

「それは、その、どういう……ことですか？」

「言葉の通りだ。僕はミスクロの制作には関わらない」

「どうして！　だって今、承認するって……！」

「君たちの努力と熱意、たしかに感じた。経営者として人間として、もはや何も疑う点はないと判断し承認をした。だが……」

　達観した様子で、茉平さんは続けた。

「僕はもう、無理なんだよ。橋場くん」

「無理って……」

「本当はゲームが好きなくせに、ずっと自分の過去に固執し続けた。有能な人材を見殺しにし、河瀬川さんにも君たちにも酷いことをした。そんな僕が今さら、改心しましたみんなでやりましょうなんて、あまりに虫が良すぎる」

　何も返せない僕に、茉平さんは笑って告げる。

「仕方ないんだよ。遅すぎたんだ」

　あまりにも悲しい笑顔だった。

　落ち着いた言葉の数々が、強い諦観を感じさせる。深すぎる断絶が透けて見える。

（企画、通ったのに……どうして）

　だけど、茉平さんの言葉も理解できる自分がいた。

　僕だって、かつては自分であきらめて道を違えたことがあった。

　進むところまで進んでしまったあと、もはや戻れないと覚悟を決めた瞬間。ここで終わりだと悟ったあの日。
不思議なぐらい悲しさはなく、どこか晴れ晴れとした気持ちになったものだ。
茉平さんの笑顔は、きっとその心境によるものなのだろう。
ならば、僕がかける言葉は、ねぎらいの言葉なのかもしれなかった。
企画は通った。目的は達成した。
茉平さんにも企画に参加して欲しいというのは、僕のエゴに近かった。
みんなに報告できる成果は、もう果たしたんだ。
「わ……」
わかりました、という最後の言葉。その一文字目を口にして、
僕はどこからか聞こえてきた、地鳴りのような音をたしかに耳にした。
(心の……音?)
心臓が激しく鼓動する音だ。
久しく、これほどの高鳴りを聞かなかった。
明らかに何かを示している。そしてそれは、肯定ではない。
強い、否定だ。
(だめだ……このままじゃ、このままじゃ)
そうだ。何をしているんだ橋場恭也。

お前はこういう悲しみを振り払い、進むために戻ったんじゃないのか？

言い訳をしない人生を歩むことがお前の生き方だったんじゃないのか？

何があろうと絶対にあきらめない、何かをするためじゃなかったのか？

選択肢なんかない。ルートなんかない。

ここにあるのは1つだけ。

拳を握りしめて、

「仕方なくなんかない、遅くなんか……っ」

精一杯、声を張り上げた。

「ない!!!」

思わず、立ち上がった。

「は、橋場くん……？」

突然の大声に、茉平さんは驚く。

それに構わず、僕は言葉を続けた。

「それじゃダメなんですよ、茉平さん」

「……無理だよ、やめてくれ。僕はもう」

なおも頑(かたく)なに否定を続ける茉平さん。僕はその傍らに歩み寄り、近づく。

「言い訳も後悔も、いくらでもすればいい。生きていれば失敗なんかいくらでもします」

　でも、と強く言葉を切って、

「そういうのは、墓に入る直前ですればいいんです。生きている最後のその瞬間まで、絶対になんとかする、そうやって歯を食いしばって前に進む。それが……」

　回り道を続け、10年余計に生きてきた僕が出した指針。

「生きることだって、僕は学んだんです」

「…………」

　茉平さんは、何も言葉を返さなかった。

　祈るような思いで、最後の言葉を頭の中で準備する。

　彼と話をする前に、用意したことが3つあった。

　まずは出資の話。これをクリアして、立場をイーブンにした。

　そして過去の話。忠広さんと澪さんの想いを示し、リメイクの意義を確かにした。

　最後に用意した話は、できれば使いたくはなかった。あまりに突飛すぎるし、理解してもらえないかもしれないからだ。

　だけど、ここに来てそれが必要なのだと僕は思い知った。

　茉平さんの心をさらけ出すには、僕自身の心もさらけ出さなければ。

（お願いだ、届いてくれ――）

　今がまさに、そのときなのだろうと確信した。

ゆっくりと、口を開いた。

「突然、こんなことを言って驚くかもしれませんが、僕は——人生を一度、10年前に戻ってやり直しているんです」

「……人生を、だって？」

「はい。時間をさかのぼって、失敗した人生をです」

自分の人生が嫌になって、すべて無駄だと思ったところから、合格通知をもらった10年前へと戻ったあの日。人生が劇的に変わると、そう信じていた。

「未来の記憶を持ったままやり直せば、後悔をすべて潰して未来へ進める。そう思っていました。最強になれるって、信じていました」

でも、そうではなかった。

成果だけを、結果だけを求めて動いた結果、友を絶望させ、多くのものを失うことになった。

「やり直して得られたことは、どんな過去にも価値があるんだということでした」

あり得たかもしれない未来を知った。そこで仲間に勇気づけられ、パートナーとなった人から、そして子供から、愛情を受け取った。何も成し得ていないと思っていた自分に、やっと価値を見いだせるようになった。

そして僕は再び世界へと戻った。未来を知って行動していた頃よりもずっと、この先に何があるかわからない今の方が、生きている実感が生まれた。

「振り返りたくない過去もありますが、僕は今なら、言えます。そんな過去も含めて、今の僕がいるんだって」

　4年を大学で過ごして、6年回り道をして、過去と未来と、行き来をしてその度にたくさんのことを教えてもらって、やっとそう思えるようになった。

　ようやくその回答が、出たんだ。

「たくさん、失敗しましょう。後悔もたくさんしましょう。10年経（た）ったら、それを受け入れて胸を張って、前に進みましょう」

　すべてうまくいくなんて、幻想なんだ。実際は、失敗することや、思い通りにいかないことばかりだ。だけど、それを積み重ねていった先に、わずかながらも達成できることが必ずある。

「前に進みましょう、か」

　茉平（まつひら）さんの表情に、暖かさが戻った。

「……そうだね、そういう心持ちでいられたら、もっと違った生き方ができるのかもしれないね」

　自分のこれまでを噛（か）みしめるような、そんな話しぶりだった。

「失敗も、後悔も、何をどう頑張っても起きることで、だからこそ、糧にして乗り越えることが必要なんだって、思います」

　そうやって次へ進んだ記憶を、いくつも思い出した。

「大本からそれを消し去ろうとしたところで、それはまた、新しい失敗や後悔を生むことにしかならないんです。人が人と関わる以上、抹消するのではなく、丁寧に重ねていくことが、未来へ繋がっていくのだと知りました」

　この10年で、僕の愛すべきクリエイターたちも、そうやって優れた作品を作ってきた。何度も立ち止まりたくなっただろうに、そこで気力を振り絞り、次を模索した。そうした者だけに、未来はやってきた。

「ミスクロをリメイクする企画は、その延長線上にある、大きな一歩なんです」

　息を大きく吸い込んで、もう一度言った。

「僕らと、この作品を作りませんか」

　最後の言葉だ。これで拒絶されたら、僕にはもう為すすべがなかった。

　これだけのことをさらけ出して話した意味を、きっと理解してくれたはずだ。

　もはや、何も彼を縛るものは残っていない。あるのは、先へ進むための道だけだ。

　茉平さんは、僕と同じように息を大きく吸い込んで、ゆっくりと吐いた。

　それが、これまで過ごしてきた時間の清算だったかのように。

　やがてゆっくりと、口が開かれた。

「ぜひ、弊社――いや、私共々、このゲームを作りましょう」

何年ぶりのことだろう。ひょっとしたら、初めて見るものだったかもしれない。

わずかな闇も感じさせないほどのすがすがしい笑顔で、彼はこう続けた。

「――改めて、当企画を承認します！」

「あ………」

身体の奥から、湧き上がってくるものを感じていた。

嬉しい気持ちや、安堵した心とか。でもそうしたものよりも、茉平さんとものが作れるというこの上ない熱量が、僕の体温を上昇させていた。

「ありがとうございますっ……！」

やっとこれで、スタートラインに着くことができた。早く、みんなにも伝えてやりたい。ゲームを作ることができる、と。

「早速、スタッフに伝えようと思います。まずは……」

正式な承認を得ようと、書面での手続きを行おうとした瞬間、

「ただし！」

茉平さんにはめずらしい鋭いトーンで、僕の言葉は遮られた。

そして、

「この企画は……このままじゃ通すわけにはいかないな！」

さっきとは違うことを言い始めた……のだけど、

そこには、これまでの張り詰めたような表情はなかった。それとは全然違う、そう、例えるならば、

まるで少年みたいな、いたずら心のあふれる、にこやかな表情だった。

「えっ、ええっ？」

突然そんなことを言われて戸惑う僕に、茉平（まつひら）さんは構わず続けた。

「スケジュールの引き方がざっくりしすぎだ。企画書の段階なら別にいいやって思ったのかもしれないけど、こういうところは突っ込まれると弱いよ。それに売上の予測。あえて突っ込まなかったけど、楽観的すぎる。今はもっとシビアだから、想定したものから3割ぐらい引いておかないと。そういうとこ、河瀬川（かわせがわ）さんも含めてしっかりと話をしなきゃね。って、橋場（はしば）くん聞いてる？」

「聞いてます、けど……」

ポカンとして、敏腕プロデューサー茉平康（こう）の話に聞き入っていた。

「よし、じゃあここから何日か、企画合宿に入らなきゃね！　プレゼンで疲れたところ悪いけど、家にはしばらく帰れないと覚悟しておいてくれ」

「いやあの、それ茉平さんが言っちゃダメですよね!?」

ブラック企業大反対の人なのに、そんな、学生のノリみたいなことを。

「まあ、橋場くんは……特別だよ。いろいろされたことの仕返しをしたいしね！」

「そんなあ……」

互いに顔を見合わせ、たまらなくなって噴き出してしまった。


『ミスティック・クロックワーク』の企画は、正式に承認が下りた。

長い時間を経て、多くの人を巻き込み、そして人生を左右した作品。曰くつき、呪いを受けた作品と言われても仕方ないぐらい、その道筋は困難を極めた。

だけど、今こうして茉平さんと笑い合って、その困難が必要だったと思い知った。

そうでなければ、そもそも僕らの企画は立ち上がりもしなかっただろうし、茉平さんたちの想いも堅く閉ざされたままだったに違いない。

互いにぶつかり、奥底にあるものをさらけ出して、やっとここまでたどり着いた。だからこそ、この作品はきっと丁寧に作られるはずだ。

ミスクロは、そうまでしないと作れないものだったのだろう。

時空を超えて、幻となった作品は形を変えて生まれ変わる。

――言葉通り、リメイクとして。

「ちょ、ちょっと悪い、どいてくれ！　急ぎなんだ！」

株式会社サクシード出版部課長・宮本寛司、年齢だいたい30歳。一応、ジムには通っているので、走ってすぐに息が切れるなんてことはない。が、今日は駅から会社まで止まらずにすっ飛ばしてきた。さすがにちょっとキツいかというところで、なんとか玄関に飛び込めた。

　前にいる人の群れに、どいてくれと叫びながら、

「あ、エレベーター待って！　乗る！」

　扉が閉まる直前のエレベーターに、ギリギリで乗り込んだ。

　ハアハアと息を切らしながら顔を上げると、

「宮本さん、ダメですよ。他の会社の方もいらっしゃるんだから、ルールを守っていただかないと」

「げっ……社長、すみません」

　運悪く、弊社社長にその現場を目撃されてしまった。

「オフィス内は走らないように、ちゃんと守ってくださいね」

大型のオフィスビルに入居している弊社は、フロアこそ独立しているものの、エレベーターなどの施設は他社と共用している。

ゆえに、走っちゃダメですよというルールは、まあ基本中の基本なのだが。

「あの、ほんと今日だけだったんですよ、大急ぎの件がありまして……」

ずっと連絡を取り続けていた人気作家から、貴誌で描いてもいいですよと連絡をもらったのだ。

タイミングが悪く、電車内で連絡を受けてしまったので、猛ダッシュでオフィスに戻り、これから改めてご挨拶の電話をするつもりだった。

……という言い訳を、社長に手短に行った。

「あのニシン飴先生ですか！　それは……心情的に走っても仕方ないですね、ぜひ、連載まで頑張ってください」

「はい、もちろんです！」

やがて社長は、社長室のあるフロアで軽く手を挙げて去っていった。俺とそう変わらないぐらいの年齢なのに、若々しくてカリスマ性があり、偉ぶらない、良い経営者だ。

「しかし、ニシン飴さん知ってるって、どんなアンテナしてんだ、あの人」

たしかにSNSで大人気ではあるけれど、主に成人向け漫画誌で描いてる作家さんだ。なんで社長が知ってるんだと、疑問に思うのも仕方ない。

「現場主義って話は聞いてたけど、フリだけじゃないんだねえ」

今も開発部の机にいる時間の方が長いらしいし、ガチで最前線にいるってことなのだろう。ニシン飴(あめ)さんの描く女の子、好きかどうか今度聞いてみるか。

編集部のあるフロアにエレベーターが到着し、早歩きでデスクへと向かう。

そういや、この半年で会社は急に変わった。

ぶっ潰れる寸前と聞いていたゲーム事業部は大幅に規模を拡張し、こちらも辞めるって話だった部長が残留、それどころか、これまでには考えられないレベルの超大作を大々的に発表した。そこまでゲームには明るくない俺でさえも、全員知っているようなドリームチームでの制作だ。何も知らなかった俺は自宅で見てたニコ生で知って、盛大にビールを噴き出した。

社内でも寝耳に水の連中が多かったようで、社長はおぞましい化物を見て記憶が飛んだんじゃないかとか、そっくりさんと入れ替わったんじゃないかとか、オカルトに片足突っ込んだような言われようだった。でもそれぐらい、少し前の会社を知っているヤツからすれば、信じられない変わりようだった。

「おーい！　ニシン飴先生のＯＫ取れたぞ！　このあと先生と打ち合わせすっから、それ終わったらミーティングな！」

編集部に戻ってすぐに、大声で成果を報告した。

そういや、この出版部にしても、多少なりとも会社の変化に影響を受けていた。

これまで、使わないはずだった自社のゲームＩＰについて、積極的にメディアミックスをしていこうということになったのだ。

どこに隠してたんだという、大量の資料が開発部からいきなり届けられた。魅力的かつ読者からのニーズもありそうだったので、まずはファンブックを仕込みながらマンガ作るぞ！と次々に本を作った。今のところ、読者からの反応は上々だ。

席について、早速ニシン飴先生のチャットを開き、こちらはいつでも通話ＯＫです、とのメッセージを送る。待機する間、俺は引き続き、会社のことを思い返していた。

「いや、しかしなあ」

社長の方針転換、急に作ることになった大作ゲーム、なんだか不穏な空気の流れていた会社内が、一気に風通しのいい雰囲気になった。

誰かが、何かをしなければ、いきなりこんな変化は起きないはずだ。

そんな影響力のある人間がいたのだろうか。

「ま、俺としてはありがてえってぐらいだけど」

いずれ正体がわかったら、酒の一杯でもおごらせてもらおう。そういう話ができるやつだとありがたいが。

ニシン飴先生のアイコンが光った。向こうも通話ＯＫのようだ。

「はじめまして、この度は先生にご連絡をいただきまして……！」

なんとしても取るぞ、この連載。

◆

サクシード開発部は、ここしばらく常に活気にあふれた職場となっていた。

「はい、ありがとうございます。ではこちらで進めますので」

わたしは電話を切ると、すぐにチャットで手元に届いたファイルを送った。

その上で、内線でスタッフに繋（つな）いで連絡を取る。

「お疲れさま。例の穴埋めしなきゃいけないファイル、届いたから共有するわね」

「助かります！　河瀬川（かわせがわ）部長に相談するようなことでもなかったんですが……」

「いいのよ、何かあったときのために上長がいるんだから」

急病のために降板した外注スタッフの影響で、１つのパートが丸々遅延しかねない状況が発生していた。

担当していた若手スタッフが、案の定、他に依頼先がないと頭を抱えていたので、わたしが間に入る形で別の外注先を紹介し、事なきを得たといった次第だ。

「まあ、こういうのは経験がものを言うよね……」

トラブルシューティングは対応策の数を持っている人間が強い。社会人になってから痛いほどわかったことだ。

降板した外注スタッフへのフォローも忘れずにね、と担当者に伝えたところで、別の電話が鳴った。

「部長、1番に斎川さんからです」

電話は、当代きっての人気イラストレーターからだった。

「来たわね、ありがとう。繋いで」

保留ボタンを押した後、フーッと息をつく。あまり怒らないように怒らないようにと、心の中で何度も唱えた後、1番のボタンを押した。

「……斎川、今月って45日まである月だったっけ？」

「ヒッ……!!　き、切っていいですか!?」

「切ったらまたあんたの家の近くのファミレスで張り込んで詰めてやるわよ！　ねえわかってる？　もう3回も〆切伸ばしてるのよ！　月末の約束だったはずが、もう翌月の半ばじゃないの！　それでいつ出せるの！」

「あ、あああ明日出します朝出します、もうこれで本当に遅れませんから！」

「絶対よ！　正午になった瞬間、あんたの家の回線から手伸ばして首絞めてやるから覚悟しなさい！」

ごめんなさーい！と声が聞こえ、電話が切られた。これでも、十数回の不在着信を重ねた上でやっと繋（つな）がった連絡だ。イラストレーターの進捗確認は厳しい仕事だと聞いていたけれど、たしかになかなかハードだった。

「それにしてもまあ、あの斎川（さいかわ）がね……」

アマチュアでやってた頃は、〆切もきちんと守る優等生だったはずが、プロになり複数の仕事を抱え、考えることも段違いに多くなった結果、〆切破りの常連となってしまったのだった。

まあ、これでさすがに斎川も上げてくるはず。一緒に仕事をするようになって、段々と彼女の扱いにも慣れてきていた。

「部長、３章のサブキャラのモデリング上がってきました。チェックお願いします」

「はい、じゃあそっち行くわね」

席を立って、送られてきた３Ｄのデータを確認する。九路田（くろだ）を通じて、しっかりしたスタジオに依頼したこともあって、初稿の段階でクオリティは段違いだった。

（予算があるって、ありがたいわね）

以前の、とにかく格安でやらなければという状況とは何もかも違っていた。

「じゃあ、これで進めて。次も控えてるから、こちらのレスポンスは早めでね」

わかりましたと言って、スタッフは早速指示書の作成に入った。

自分の席へと戻る途中で、開発部の様子を窺う。

現場のあちこちで、場が動いていることを実感できる。気づいた点を報告したり、声がけやちょっとしたミーティングも、かつては行われていなかった。

「あら?」

離席していた短い時間で、誰かが荷物を届けてくれていたようだった。

「見本誌、来てたんだ」

重ねられた封筒の上に、コミック誌が1冊、置いてあった。

サクシードが出している月刊のマンガ誌だ。これまではマンガとメディア展開した際のアニメのみを扱う本だったけれど、最近は自社のゲーム情報も取り扱うようになっており、特に今では、ミスクロの最新情報が大きな売りとなっていた。

見本誌というのは、関係者に納められるサンプルとしての雑誌で、ミスクロの制作をまとめているわたしのところには、毎月必ず送られてきていた。

「どうまとまったのかな……」

早速、どういった形でゲームが載っているのかを確認する。表紙から堂々とミスクロのタイトルが書かれており、総力特集と銘打たれていた。

シノアキ、ナナコ、貫之、斎川のペンネームが、大きく各所に躍っている。今号の日玉記事は、それぞれのクリエイターへのロングインタビューで、1人につき丸々1ページずつが割り当てられていた。

ゲーム情報の欄には、キャラクターのラフスケッチやイメージボードなどが掲載され、ストーリー展開の予想や、有名人からの応援コメントなどもある。

堂々たる、大作としての扱いだった。

「――嘘(うそ)みたいね、本当に」

作られるかどうかすら危ぶまれていた企画とは思えないぐらい、もはやミスクロはゲーム業界における一大注目作となっていた。

一通り読んだところで雑誌を閉じ、回覧用にと別のスタッフの机へ置いておいた。

「ふう……」

開発部をぐるりと見渡すと、午前中ということもあり、まだ出社している人間はまばらだった。

ミスクロの開発が始まって以降、徐々に業務時間の改善をすることになり、これまで通りのフレックスタイム制は維持しながらも、できるだけ午前に出てきて夜に帰るようにしましょう、という通達があった。

当初は各チームで戸惑いがあったものの、やっと徐々にその意向が浸透し始め、例えば床で寝ている開発部員などはほぼいなくなった。

「まあ、肝心の社長が働き過ぎなんだけどね」

苦笑して、茉平さんのデスクを見る。

今は社長の業務中のため、ここには午後から来る予定だった。

あんなにきちんとした性格の人なのに、机の上はゲーム機やおもちゃやマンガであふれ返っていて、作品の資料も山と積んである。開発業務が楽しくて仕方ないんだ、と本人はちょっと恥ずかしそうに言っていた。

「こんなに……変わったんだ」

沈んだ空気で淀んでいた開発部は、見事に活気が戻った。

各チームが楽しそうに動き回り、それぞれが自分の仕事に高いモチベーションで携わっている。やらされている、と拗ねた考えで仕事をしている人間は、ほぼいないと言っていい状況だ。

何もかもが、半年前とは変わった。新作を作る前の段階で苦労していた頃が、本当に嘘のようだ。社長は生まれ変わったようになり、わたしは失職せずにサクシードで働けるようになった。

夢のような環境で働けて、みんなともいっしょにものが作れて、毎日目が覚める度に、これは現実ではないのではと、頬をつねってみることが多くなった。

「あいつのおかげ、ね」

窓の外から、この状況を作り出した張本人がいる辺りを、眺めている。

彼は今、この開発の現場にはいない。

本人がそう、望んだからだった。

◆

五反田の西にある株式会社ツインズでは、2人の社長のうち、『元』がつく方が、電話の向こうと必死にやりあっていた。

「ですから弊社としても、そこはどうしても譲れないところでして、ええ、そうです、御社の商材をより広い層にアピールするには、失礼ですが、社長様のお顔をパッケージに載せるというのは、さすがに厳しいのではないかと……」

チラッと脇を見ると、デザイナーやプランナー、そして社長までもが、負けるな頑張れという顔で、こっちを見ている。

（クソッ、こんな大変な役目だと知ってたら……！）

これができるのは貴方だけなんです、という言葉にほんと弱い。まあ、代表としてやらなきゃいけないことではあるんだけど。

「ええ、そうです。なので、ここは提案なのですが、パッケージではなく、御社の動画チャンネルに、社長様の司会で動画をアップする、というのはいかがでしょうか？　それでしたら、商品のアピールとは別枠になりますので、懸念事項は解消されますし、はい、弊社では動画の作成も行っておりますので、構成なども含め、そちらの担当者を……」

あまりにもアホらしい内容ではあったが、何千万円レベルの売上に繋がる案件とあって、絶対に取るという覚悟で臨んだのだった。

しばらくして、やっと電話は終わった。疲れ切って椅子の上で伸びていた僕の席に、ペットボトルのお茶を持って、早川がやってきた。

「お疲れ、そしてありがとう。橋場相談役のおかげで、またしても弊社は新規の顧客を得ることができました」

わざとらしく礼を言ってくる早川の腹を、軽くグーで押してやる。

「何か変だと思ったんだよ、ちょっとトラブルがあるから代わってくれって言うから電話に出たら、社長室長とかいうおじさんが出てきて、今からパッケージを変えられないかって、どんな相談だよ」

話の内容はこうだ。

弊社ツインズでは、新規事業としてこれまでの販売促進ツールの制作スキルを活用し、パッケージデザインの分野に参入することになった。

いくつかのパッケージが実際に納品され、高い評価を得た。そして準大手クラスのカー用品メーカーから、新商品のカーワックスのデザインを依頼されるに至った。しかも外装などの印刷も込みとあって、大きな仕事となるのは必定だった。

かなり力を入れた商品ということで、こちらも総力を挙げてチームを組み、やっとデザインが確定し、校了してあとは工場へ、という段階で、

「いやーまさか、パッケージに社長の顔写真を入れてくれ、なんて言ってくるとはな」

早川が苦笑する。

そう、ワンマンとして有名なカー用品メーカーの社長のご尊顔を、この段階からパッケージに入れろという話が降ってきたのだ。

当然、社内は大騒ぎとなって、デザイナーもプランナーも大弱り、どうしようというところで先方から電話がかかってきて、僕に対応を託された、というわけだ。

こういう無茶を言われた場合、まずは前後関係を確認するのが大切だ。誰が言い出し、誰が決定し、どういう状況で電話が来たか、だ。

「どうも、あの社長室長のスタンドプレーだったみたいだね。茶飲み話で、社長のお顔を入れれば売れますよ！って言ったら社長が案外乗り気になって、それでうちに相談してきた、って流れだったらしい」

「ワンマン社長の会社にありがちな話だな。ま、今後あそことの付き合いの際は要注意ってチェック入れておこう」

弊社の代表2人、揃ってため息をつく案件だった。

「しかしまあ」

早川が、うんうんとうなずきながら、

「やっぱり、お前はこの手のトラブルシューティングが得意だな。若い営業だと、まだこうはいかなそうだ」

「こんなことばかり上手になっても、仕方ないんだけどね」

笑って答えるも、なんだかんだこういうスキルがあると、食いっぱぐれがないのもたしかだった。人間が作って人間が売るものは、どうしてもこういう生臭いスキルが必要になってくる。

「察しが良すぎるんだろうな、橋場は」

早川の口調が、ちょっと真剣なトーンになった。

「だから、サクシードの現場も離れたんだろう？」

僕は笑ってうなずいた。

「現場経験のない人間があそこにいても、邪魔になるだけだからね」

ミスティック・クロックワークの制作が正式にスタートし、僕は企画書の通り、当初はプロデューサーとして現場に入ることにした。

しかし、実際に制作が本格的になると、コンシューマー機はおろか、最新のゲーム事情について実務経験のない僕は、質問事項ばかりが増えることとなり、やがて実務レベルの話については、河瀬川と九路田に任せるようになった。

（それもあって、茉平さんに来て欲しかったんだよな）

2人のディレクターの上に立つ、実務経験もしっかりある責任者。その枠でさえも埋まった以上、僕はもうやることがなくなった。

今は週1回のミーティングで報告を受けながら、全体の大きな流れのチェックと、アドバイスをする程度となっている。

なので、時間があまったこともあり、代表を辞めたはずのツインズに、戻ることとなったのだった。

「せっかくの功労者なのに、さみしくないのか、それ」

早川はそう言うけれど、僕はこの件については満足していた。

「僕が走り回らなきゃいけない現場だったら、きっと良い作品にはならないよ」

それぐらい、今のミスクロの現場は充実していた。

プロデュースの仕事のうち最重要と言っていいのは、座組みを作ることだ。

これまでに何度したかわからないその仕事において、ミスクロの布陣はほぼ完璧と言えるものになっていた。

名前を出すだけで数字に繋がる人気クリエイター、実務レベルをしっかりと支えるディレクター、そして、取りまとめて力強く誘導できるプロデューサー。

ビッグネームの競演、新ハードのローンチタイトル。取りまとめるにはかなり難易度の高い現場だけど、彼らならやってくれる。

だから最後の一手として、邪魔になった僕自身が抜けたのだ。

「というわけで、これからもこの手の厄介事が来たら、僕に回してくれ」

「本当は相談役がやることじゃないんだけどな。でもまあ、頼りにしてるよ」

ああ、と返事をしたところで、内線電話が鳴った。

「はい、何か？」

受け取ると、電話口の向こうの峰山さんが、

「社ちょ……相談役、お客様です」

「僕に？　アポないけど、誰かな」

ツインズへの復帰は、社外へはそこまで知らせてなかったので、ご挨拶などの来客はほぼいない状態だった。

だから、連絡を取ってくるのは、事情を知っている人に限られるわけで、

「竹那珂様です。トランスアクティブ社の」

納得の、相手だった。

◇

敏腕にして明朗、もはや大学の後輩というより、経営における先輩となった竹那珂里桜が開口一番でぶち上げたのは、

「パイセンは有能すぎるんです！　もっとワガママ言って、これは俺のゲームだぁ！ぐらいのことを言っても、みなさん許してくださると思いますよ！」

小さくまとまってんじゃねえ的なお説教だった。

「そ、そういうプロデューサーにだけはなりたくないんだってば！」

何かと首を突っ込みたがっては、現場をかき乱して無駄な仕事を増やす。どこにでもいるけれど、どこにでもいたら困る、そんなプロデューサーを嫌悪して生きてきた以上、自分がそれになるのだけは、絶対にできなかった。

「そりゃあ……わかりますよ。パイセンがすごーくその点に配慮したからこそ、ミスクロはめちゃくちゃスムーズに開発が進んでいるんですし」

現場で美術周りを見ている竹那珂さんが言うのなら、ひとまず及第点だろう。

内心でホッとしていたら、

「でも！　やっぱタケナカとしてはですよ！　やっぱりこう、みんなの首根っこを掴まえながら、とんでもないプロジェクトをぶち上げて突き進む、そんなパイセンの姿を期待しているんですよ!!」

そうはさせるかとばかりに、やっぱりお説教が再開されてしまった。

「今でもそんなことを言ってくれるのは、竹那珂さんだけ……ではないか」

現場からは手を引いたものの、僕に対して現場に復帰しろという声は、今でもまだ多く存在している。しかもチームきたやま関係者だけじゃなく、かつてのバイト時代に同僚だった古参のサクシード社員からも、そう言ってもらえている。

(ありがたい話だけど……な)

でも、それでホイホイと現場に戻って大きな顔をしたりすれば、きっと混乱するに違いないのだ。上手くいっているところに波風を立てるほど、プロジェクト進行において愚かしいことはない。

「というわけだから、僕はこのまま縁側で座ってるおじいちゃんになるよ。週1のミーティングでゲームが段々とできあがっていくの、ほんと楽しみにしているんだから」

その言葉に偽りはない。

実際、妄想で思い描いていたミスクロが、次第に実体となって作り上がっていくのを見るのは、何にも代えがたい喜びだったから。

後悔も何も、ないはずだった。

「本当にそうですか?」

突然、背後から声が聞こえて、ビクッと身体が震える。

「え、何……？」

振り返ると、そこには、

「お茶、持ってきました。相談役がそう仰（おっしゃ）るならわたしたちはありがたいですけど、実際に見ている限り、100％そうとも言えないですよ」

ツインズのことならば何でも把握していると言ってもいい、先日の人事で、主任から部長に昇格し、役がつくとめんどくさいからイヤですとイヤイヤながら受けた、峰山音美（みねやまおとみ）さんだった。

「あ、お茶ありがとう……で、なんか僕、おかしかった？」

そんな様子は見せていないはず、と思いながらも、彼女に言われると自信がない。

なんせ、誇張ではなく会社のすべてを把握している人だから、僕の記憶よりもよほど信頼がおける。

「ここで申し上げてもいいのですが、その、他社の方がいらっしゃる前ですし……」

チラッと、竹那珂さんの方を見る峰山さん。

「問題ございません！　わたしはトランスアクティブ社代表にして、橋場恭也（はしばきょうや）ファンクラブ会長の座を10年にわたって務めていますから！」

「いつできたの、そんな会！」

「わかりました、でしたらお耳に入れても問題ありませんね」

「峰山さんもその説明でなんで納得しちゃうの！」

前世でよほど酷い行いをしたのか、女性に押し切られると確実にやりこまれるという体質、一生消えることはなさそうだ。

「まず、相談役は朝誰よりも早く出社するのですが」

弊社は清掃業者を入れていないので、僕が朝来て掃除をすることにしている。相談役業務というものがさしてハードじゃないので、その合間にと思ってやっているのだけど、

「その際、誰もいないところでよく、ため息をついたり、ゲーム誌をご覧になって、遠い目をされていらっしゃいます」

「そ、そんなとこ、いつ見てたの⁉」

「わたしの知る限り、数回は」

言い逃れできないレベルの回数だった。というか、どこからその様子を見ていたのだろう、彼女は……。

「次に、社内のミーティングで、ゲーム関連の書籍を業務で扱うケースがあるのですが」

「べ、別にそこで変な口出しはしていないはずだよ？」

峰山さんは素直にうなずく。

「ですね。でも、サンプルの書籍をパラパラとめくりながら、うんうんとうなずいたり、楽しげに微笑んだ後にさみしそうな顔を見せる姿が、デザイナーや営業社員の証言により、

確認されています。これも複数の報告が上がっています」

「…………そんなとこ、見られてたの」

「そして次ですが、社員研修旅行で熱海に行った際、地元のゲームセンターでジッと筐体を見つめている相談役の姿を」

「も、もういいです、わかりました!!」

あわてて報告をストップしてもらい、チラッと竹那珂さんの方を見る。

「い〜〜いご報告、ありがとうございます、峰山さん!!」

ニタァ〜と意地の悪い笑みを浮かべながら、僕の方を見ていた。

「いえ、差し出がましいことをいたしました。わたしはこれで……」

そして峰山さんは、失礼しますと言って、僕には目もくれずに出て行ってしまった。

「いやあの、これはね?」

「未練、ありまくりじゃないですか」

何も言い返せなかった。

仰る通り、僕は現場に飢えていた。トラブル、アクシデントを解決するために走り回り、クリエイターと共に策を考え、解決したらまた次のお題へ、そんな足で稼ぐ現場型のプロデューサー、ディレクター職に、あこがれが完全に蘇っていた。

今の相談役としての仕事が、つまらないわけじゃない。例の社長室長の説得にしたって、攻略をしていくようで楽しさを覚えていたし、元々、渉外の仕事は性に合っている。

でも、だ。

(好きで乗り換えた仕事……だからな)

現場で自由に動き回る立場に、再び返り咲きたい。

言葉にしてしまうと誰かに無理をさせてしまうから言えないけれど、そういう願望を持っていることは、たしかだった。

だから、竹那珂さんが、

「パイセン、作ってみませんか、新作ゲーム」

「……はい?」

そう言ったとき、明らかに心が高鳴ってしまったのだった。

「かなり昔の話ですけど、アメリカの話、覚えていらっしゃいますか?」

「ああ……うん！　思い出したよ」

ちょっと遠めの記憶だったけれど、たしかに言われた記憶がある。

彼女が代表を務めるトランスアクティブという会社は、彼女の父が社長を務める、海外ゲームのローカライズを行うメーカーが母体となっていた。

その会社が、7年前にアメリカのスタッフを中心にして、オリジナルゲームを作るという話が持ち上がった。で、その流れでパイセンも考えてみませんか、と竹那珂さんに聞か

されたのがそもそもだったはずだけど、

「でも7年も前の話だよね？」

超大作ならまだしも、普通の開発ならばもうとっくの昔に終わっているはずだ。

「もちろん、あのときの話はもう終わりましたけど、それ以外にちょっと、興味深い話が出てるんですよ～じゃん！」

そう言って、竹那珂さんは古びたＤＶＤケースを机の上へ出した。

「これは……って、うわ、懐かしい！」

忘れるはずもない、大学のときにみんなで作った『ハルそら』のパッケージだった。

「あれ、でもこれって……？」

よく見ると、パッケージイラストは見慣れたシノアキのものだったけれど、ロゴやその他の表記が、元のものとは異なっていた。

「そうです、これ海外版なんですよ。すごーく前に、そういう連絡があったの、覚えていらっしゃいます？」

覚えている。大学を卒業するかしないかというぐらいに、竹那珂さんから、海外の開発から、ハルそらを海外移植したいと言われたのですが、と話をされて、急ぎみんなの了解をとって、ＯＫを出したことがあった。

「でも、その海外版がどうかしたの？」

「これね、私物なんですよ。今アメリカで新しいインディーメーカーを立ち上げようとしてる、ランディっていうお兄さんの」

そこまで言って、竹那珂さんはニコッと笑った。

「その彼、ファンなんですよ。ハルそらと、そしてそれをリーダーとしてまとめあげた、ディレクター『キョウ』の！」

「あっ……」

その名前もまた、忘れるはずがなかった。

同人で、しかも年齢制限のある作品とあって、あの作品のクレジットは、すべて実際とは異なる名義にして出していた。そこで僕が使った名義が『キョウ』だったのだ。

「それで、ランディから言われたんです。もし、キョウがまだゲーム制作を続けているのなら、いつかいっしょにゲームを作りたい！って」

（そういうこと、だったのか）

なんとも不思議な気分だった。

思えば、目の前にいる竹那珂さんも、ハルそらがきっかけとなって知り合った。いろいろと悔いの残った作品だったけれど、それを介して、こんなに縁が広がるのだから、創作というのは本当に、奇妙でおもしろいものだ。

「ランディはシナリオと企画を担当しているんですが、どうしても内に入りがちなところがあるので、意識を外に向けられるタイプのディレクターを探していたんです」

そんな頃、ちょうど日本版の制作の話を竹那珂さんとしたところ、不意にハルそらの話を振られ、それはもう、とんでもなく盛り上がったそうだ。

「嬉しいね、もうすっかり昔の作品なのに」

日に当たったのか、少し色のあせたパッケージが、時間の経過を物語っている。

だけど、そこから生まれた人の縁は、こうして鮮明に息づいている。エンタメはこうやって、人を動かしていくんだ。

「もちろん、お給料はそう高くないですし、なにしろアメリカに行ってお仕事することになりますから、ホイホイ受けられないのもわかっています、が」

グイッと、竹那珂さんは僕の方へと顔を寄せて、

「すごく、良い話だと思います。ランディにも、他のスタッフにもパイセンへのリスペクトがありますし、実力もあります。そして何より少人数のスタジオなので、存分に働くことができます」

おそらく詳細を記したものだろう、書類の入った封筒を、僕の前へと差し出した。

「――判断は、パイセンにおまかせします。お返事、お待ちしています」

真っ白な封筒を前に、僕は息を飲んだ。

すごく、魅力的な話だった。アメリカには元から興味を持っていたし、海外産のゲーム

について も、まだまだ知らないことが多くて、情報を欲していた。

その現場を体験できるだけでなく、実際にスタッフとして働くことができる。しかも、自分の作品のファンである人たちと、だ。

ネットがある以上、様々な面での障壁は少ないように思えた。今生の別れじゃあるまいし、今やどこの国だって、飛行機代さえあれば行き来はそう難しくない。

だけど、僕はつい何ヶ月か前に、古巣へと戻ってきたばかりだ。

さすがにこの短期間で、また業界に戻るなんてことは、みんなに、特に幹部である2人には、きちんと話をしてからじゃないと。

「ちょっと、弊社のメンバーに相談をして」

から検討する、と言いかけたところで、

「「話は聞かせていただきました！」」

「うわっ!!」

会議室のドアが開き、早川と峰山さんが、声を上げながら堂々と入ってきた。

驚く僕をよそに、早川さんは竹那珂さんに向き直ると、

「竹那珂さん初めまして、ツインズ代表の早川と申します！」

「はい、竹那珂です！　橋場さんからお話はかねがね！」

「早速ですが、ここにいる橋場恭也、のしをつけてアメリカに送りますので、何卒よろし

く　お願いいたします！」

「早急なお返事、ありがとうございます！　では早々に、手続きなどを揃えまして」

「ちょっと待ちなさい！」

　たっぷり1週間は悩みそうな件を、あやうく1分でまとめられそうになって、あわてて途中で差し止めた。

「なんで止めるんだ、橋場」

「なんでもなにも、こんな重要なこと、ちゃんと吟味してから決めないと……」

　ちゃんとそういうのが必要でしょ、と説明したのだけれど、

「でも、受けたいんですよね、相談役は」

　峰山さんの、あまりに冷静な声が、僕のもってまわったような言い方を粉砕した。

「そ、それは……」

「たぶん、仰る吟味というのはこうですよね。会議室に早川社長とわたしを呼ばれて、相談役は口を開きます。『アメリカに、行こうと思うんだ』そしてわたしたちは言うわけです、相談役がいなくても、きちんと会社は回るようにいたします、って」

「で、俺と橋場が固い握手をして終了、ってやつだよな。茶番だよ、茶番」

「ぐっ……」

　言いたい放題に言われてしまったが、正直、そんな流れになったと思う。

「で、ずっと会議室の外で伺ってたので、事情はすべて把握できていました」

いや、聞いてたんですか、しかも2人して。

「なので、早川社長とその場で相談して、もうこれはさっさと送り出そうと。その方が、相談役もあれこれする手間が省けますし」

「と、いうことだ。素直に受け取りなさい、相談役」

「…………」

いささか、こんなにバタバタと決めていいのかと不安になったが、

「少しでも早く、ゲーム作りたいんだろ?」

早川からのこの言葉が、正直効いた。

「……竹那珂さん」

「はいっ」

僕は、封筒を受け取って、頭を下げると、

「よろしくお願いします。この話、ぜひ進めてください!」

大きく元気にうなずく竹那珂さんと、それを横で笑って見守っている、弊社幹部の2人。

頼もしく、そして何より理解のある人たちに囲まれて、僕は再び、現場へと戻る決意を固めたのだった。

(アメリカ、か……)

白い封筒を見つめながら、楽しさと不安が入り交じるだろう、これから先のことについて、僕は思いを馳(は)せていた。

翌日、金曜日。

サクシードの大会議室では、ミスクロの定時連絡ミーティングが行われていた。

河瀬川(かわせがわ)の淀(よど)みない進行により、全体的に問題なしという各パートの進捗確認が行われ、それでは解散しますという議事進行の声が上がったところで、コアメンバー、つまりは僕のよく知るメンバーのみ、残ってもらうようにお願いをした。

そして、アメリカへ行きたい旨を伝えた。

「え、そんな、アメリカって……！」

「本当に突然だな、前から考えていたことなのか？」

ナナコや貫之(つらゆき)を中心にして、さすがに驚きの声が上がった。

まあ、これまでそんな可能性を誰にも話したことはなかったし、僕にしたって、竹那珂さんが持ってきてくれなければ、選択肢として考えることもなかっただろう。

でも、今僕がやりたいことは、おそらくそこにあるはずなんだ。

「急な話でびっくりしたと思うけど、僕としては、ゲーム制作をもう一度勉強し直すという意味からも、インディーメーカーで小規模のゲームを作るところから、チャレンジしてみたいって気持ちが強いんだ」

すでに、理由については説明していた。僕がゲームの実制作から離れて、それが6年のブランクから来ることも話していたから、その点についてはみんなも納得していたみたいだったけど、

「で、でもそれなら、国内だっていいんじゃないの？　何も海外に行かなくても……」

ナナコの疑問ももっともだ。

別に海外に行かずとも、国内のインディーメーカーでモチベーションの高いところはたくさんある。それなら、わざわざ海外を選ばなくても……と思うのは自然なことだ。

「今回、話をくれたところが、僕に来て欲しいと望んでくれたのが最大の理由かな。それに、今の僕がやりたいことに、とても合っていたのも大きい」

現代表のランディは、ハルそらのユーザーということを除いても、ゲーム制作の指向や考え方など、共感できるポイントが多かった。

それに、彼が今動かしているサークルは、これを機会に別ジャンルのゲーム制作にも挑戦したい、と聞いたことが決め手になった。

ノベルゲーム以外のジャンルで、制作経験のない僕にとっては、まさに渡りに船の状況

があったわけだ。国内外問わず、この条件が揃うメーカーは他にない。

「俺はいいと思うけどな」

九路田が腕組みをしたまま発言した。

「橋場はミスクロの監修もしてもらっているが、週1の会議に出てるだけじゃ、こいつのポテンシャルを活かせているとは思えない」

「そうね、元の会社がOKを出したのなら、ミスクロの制作チームとしては、支障は特にないって言えるんじゃないかしら」

河瀬川も含め、ディレクター陣は、僕の状況を理解してくれていたこともあって話が早かった。

「いや、それでもいきなりアメリカとはな……1ヶ月で戻ってくるってわけでもないんだろう?」

貫之の質問にうなずくと、

「そうだね、行くとしたら、ある程度長期になると思う。申請もそれを見越した上で考えているから、数年ぐらいかな」

「えっ……そんなにですか!」

斎川が驚きの声を上げた。続けて竹那珂さんが、僕の言葉に補足して、

「橋場さんが個人で就労ビザを取るのはちょっと大変なので、トランスアクティブ社の技

術職としてビザを申請することになるかと思います。とはいえ、観光でビザを取るのとはわけが違いますから、３年スタートで必要があれば延長、という形かなあと……」

ゲームは、それこそ１週間とか１ヶ月で作れるものじゃない。チームに新しく合流するとなると、最初はお互いを知るところからスタートになるし、１作、２作と作ってからようやく、本格的に始動となることも考えられる。

だから、最初から長丁場になることは覚悟していた。

「ミスクロの会議については、これまで通り参加するよ。もっとも、こっちはオンラインでの参加になるけどね」

疑問点も出尽くしたのか、みんなからも声が上がらなくなった。

僕はそれを確認してから、

「みんなとはちょっと離れることになるし、もちろん不安だってあるけれど、挑戦してみたいんだ」

みんなも、僕が学生時代のように、現場の最前線で働けない事情をわかってくれていた。だから、最終的には反対する声も上がらなかった。

最後に、これまで黙っていたシノアキが、そっと口を開いた。

「恭也（きょうや）くんが、やりたいことなんだよね？」

僕はうなずく。

「うん、だから行こうと思ってる」

シノアキは、「そっか」とつぶやくと、これまでずっと彼女がそうしてくれていたように、やさしく笑って、

「じゃあ、わたしは応援するよ。向こうからも連絡してね」

そう言って、送り出してくれた。

このグループのありがたいところは、決まったら話がどんどん進むことだ。

特に滞ることもなく、今後の会議参加のやり方や、僕の確認が必要なポイントなども、丁寧かつ迅速にまとめていってくれた。

単なる友達を超えて、お互いのスキルや状況も把握しているから、常に建設的な話ができるのが何よりも強みだった。

そして、

「恭也、がんばれよ」

「パイセンなら心配は少ないですけど、良いゲーム期待してます！」

「どっかで歓送会やらねえとな～。俺、店見つけとくよ！」

「仕事は心配していないけど、健康面は気をつけてね。貴方(あなた)、案外そういうところうっかりしてそうだから」

みんなそれぞれに、僕の門出を祝ってくれた。

（ほんと、ありがとう）

最初は驚いていたナナコも、いつしか笑顔に戻っていたし、とても和やかな空気のまま報告会は終了したのだった。

◇

みんなへの連絡のあと、僕は社長室を訪ね、茉平さんにも報告をした。

「そうか、僕はとてもいいと思うよ」

茉平さんは、あっさりと僕の決断を肯定してくれた。

「ありがとうございます……なんか、即納得でびっくりしました」

「行かないでくれ！って懇願して欲しかった？」

あわてて首を横に振った。茉平さんは楽しげに笑うと、

「ごめんね、冗談冗談。橋場くんを見ると困らせたくなって」

「そろそろ許してくれませんか、もう……」

プレゼンでの一件以来、茉平さんはちょっとだけ、僕に意地悪になった。

もちろん、冗談の範疇で収まる話であって、むしろ以前よりずっと距離は近くなったというか、頼れる兄さん、って感じになったんだけど。

（でも、頭の良い人が意地悪って、始末に負えないんだよな）

最近はチームメンバーともすっかり打ち解け、河瀬川からは、僕についてのこれまでの愚痴を聞かされているらしい……という事実を茉平さんから聞かされた上で、くわしい内容は教えてくれていない。

要は、そういう意地悪を主にされていた。

「まじめな話をすると、僕は正直言って、今の橋場くんのポジションが間違っているとずっと思っていたんだ」

「それは、機能していない、ということですか？」

茉平さんは首を横に振ると、

「いや、君はプロデューサーとして、しっかりとチェック役を担ってくれているし、的外れな意見は1つもしていない。心強い限りだよ。だけど……」

ニコッと笑いかけて、

「君には、後方腕組みおじさんなんかにならず、もっともっと、汗水流して働いてもらわなきゃもったいない、って思ってね」

「うっ……」

やっぱり、この人意地悪だ。

「でも実際、橋場くんもそう思っていたんだろう？　だから、竹那珂さんからの申し出に応じたんだろうし」

「はい、せっかくゲーム制作の世界に戻ったんだし、もっと現場で働きたい、という思いが強くなったのはたしかです」

だろうね、と茉平さんは言うと、タブレットで何かの文書をピックアップし、僕の方に向けて見せてくれた。

「実は僕も、君に紹介できそうなインディーメーカーを探してたんだ」

「や、やっぱ恐いですね、茉平さんは！」

僕は最近になって、彼のことを目配り気配りの鬼、と呼んでいたのだけれど、どうやらその呼称は的確だったようだ。

「幸い、竹那珂さんが最適解を持ってきてくれたから良かったけど、君はやっぱり、現場で走り回ってるのが合っていると思うよ」

「僕も、そう思います」

「向こうでゲーム制作の現場を経験したら、またこっちに帰ってきて欲しい。そうしたら、もっと楽しいことをいっしょにやろう」

一瞬、身体が震えるぐらいの喜びがあった。

茉平さんと知り合って、もう何年にもなるけれど、こんなに理想的な関係になれて、本当に良かった。本音をぶつけ、思いの丈を晒したことで、僕らはこうして同じフィールドに立つことができた。

「はい……！」

こういう関係になれなかった未来もあっただろうし、この結果に導いてくれた何かに、深く感謝するだけだった。

「あとそうだ、スタッフのみんなにも報告はしたのかな？」

茉平さんの問いに、僕は大きくうなずいて、

「みんなも、とても喜んでくれました。ちょっと、戸惑いもあったみたいですけど、笑顔で送り出してくれました」

答えると、茉平さんはそこで初めて、首をかしげた。

「笑顔で、喜んで、か……」

茉平さんは、真剣な目で僕の方を見ていた。

「君はその、本当にみんなとても喜んでくれた、と思ったの？」

「そう、思いましたけど」

言うと、ちょっと渋い顔で腕を組んだ。

「あの、どうかされました？」

「橋場くん、これは僕からの忠告だけど――」

「はい……」

茉平さんは、あきれたような表情で、ため息交じりに、

「君はその、とても誠実で信頼できる反面、ちょっと……鈍感なところがある。それだけは、理解しておいた方がいいと思うよ」

「えっ、は、はいっ」

茉平さんからもそう言われるぐらい、僕はどうも、その辺の機微というか、推し量る能力に欠けているみたいだった。

（僕って、そんなに鈍感なんだろうか）

思えば、河瀬川からも指摘されたことがあったし、みんなそのことをわかった上で、仕方なく付き合ってくれているのかも、と少し恐くなった。

そして数日後、指摘された僕の欠点は、とても明確な形で現れることになる。

みんなへの報告が終わり、諸々の手続きをするため、役所に行ったり弁護士事務所へ行ったりしている中、不意にＲＩＮＥにメッセージが入った。

「誰だろ」

不定期ではあるけれど、河瀬川から「飲むから来なさい」的なメッセージが入ることが

あったので、その類なのかと思ったところ、

『恭也、夜ちょっと出て来られない？』

ナナコからだった。

「めずらしいな」

メッセージが届くこと自体は、別段めずらしいことではなかった。

特にナナコは、今収録中～とか、撮影でどこそこへ行ってるの！ 的なメッセージが、けっこう日を置かずに入っていたので、その都度、彼女の活躍を楽しみに見ていた。

だけど、こういうオフで会うような誘いについては、プライベートではとてもめずらしいことだった。

「予定は特に入ってないな、大丈夫だ」

ナナコにすぐ返信をした。

『行けるよ、どこで待ち合わせ？』

仮に2人で会うとすれば、以前に竹那珂さんがセッティングしてくれたみたいに、完全な個室とかにしなければいけないはずだ。

みたいなことを考える中、僕は肝心のことを忘れていたことに気づく。

「ってそうだ、何の用なんだろう」

何かしらのお知らせか、連絡なのか。それなら、直接会わなくてもいいだろうし。

アメリカ行きの報告のとき、最初1人だけトーンダウンしていた彼女を思い出す。それと共に、茉平（まつひら）さんから言われた言葉も。

そして、とんでもないことを考える。不遜極まりない、お前は何様なんだと全世界から罵られるようなことを。

「…………………」

いや、まさかな。

たしかに、その妄想の根拠になるようなことを、僕は学生時代に経験している。

そして今も、彼女は僕に対して、別段嫌っているという様子はない。いや、むしろ、好感を持ってもらってると言っても、図々（ずうずう）しくはないはずだ。特に何とも思っていない相手に対して、たとえ学生時代からの友達とはいえ、頻繁にメッセージを送ったりはしないだろう。

パズルのピースは、明らかにそっちの方へとはまっていく。そして最後に残されたパーツは、この流れでいくと、

「ナナコが、僕のことを……？」

いや、いやいやいやいや、馬鹿だろお前は。

国民的大スターだぞ、SNSのフォロワー3ケタ万人とかいるんだぞ、ビッグネーム揃（ぞろ）いのミスクロスタッフの中でも、飛び抜けて有名なんだぞ。田舎にいるおじいちゃんおば

あちゃんでも、名前を知ってる人がいるレベルだぞ。

そんな子が、６年も交流のなかった男に対して、今さら何かを言うわけもないだろう。

いくらアメリカに行くことになって、特別なイベントが起こりうる状況だとしても、さすがに自惚れが過ぎる。

過ぎる、と思うのだけれど……。

頭の中で、図々しい自分の頭を数百回ぶん殴った上で、僕は本当に、万に一つあるかもしれない「そのこと」を覚悟して、彼女との待ち合わせ場所へ向かった。

ナナコから指定された場所へ行くと、そこは、湾岸地区のとある場所だった。

小さな公園のようになっていて、夜景もきれいで、普通ならば人も多いのではと思う場所だったけれど、僕らの他には誰もいなかった。

「ここね、秘密の場所なんだ」

元はどこかの会社の倉庫だった場所を、最近になって公園として整備したらしい。だから、こうやって静かに話ができるのは、今のうちだけなのだろう。

合流して、２人でしばらく海辺を歩いた。散策するぐらいの広さは充分にあって、停泊している大きな船を見たり、イルミネーションで輝く橋を見たりして過ごした。

「たまに、だったけどさ」

遠くを見つめて、ナナコは過去を思い返している。

「こんな感じで、2人でどこかに行ったことあったじゃない」

言われて、いくつかの思い出が蘇った。

彼女とは、それこそ歌の特訓をしている頃はよく一緒に行動していた。バイト先も同じだったし、突発でカラオケに行ったことも何度もあった。

だけど、それ以降はバイトも辞めたしカラオケにも行かなくなって、その回数は次第に減っていった。

「うん、学祭のときとか、だよね。あとは……」

何のときだったかと思い出そうとしたところ、

「学祭と、貫之の実家に行ったときの神社だよ。それと心斎橋で一緒に人と会ってもらったこと、そして映画も観に行ったね」

ナナコは驚くほど鮮明に、2人で行った場所を挙げていった。

「学祭、あたしすごくワクワクしてたのに、恭也が心配ごとばっかりだったから、イカ焼きを口に突っ込んだりしたっけ」

「神社、風鈴きれいだったね。急に恭也が黙ったから、すごくドキドキしたんだよ」

「心斎橋に行ったときは、あたしに代わって色々話してくれて嬉しかったし……」

「あと、映画を観に行ったときはボロボロ泣いちゃって、ちょっと恥ずかしかったな」

そして、そこでどんなことをしたか、そしてどう思ったかまでを。

もちろん僕も覚えてはいたけれど、ここまで鮮明ではなかった。言われて初めて、そうだったと思い出すぐらいだった。

「覚えてるよ、だって」

僕が驚いたのを悟ったのか、ナナコはクスッと笑ってそう言うと、

「大切な思い出だもん」

恥ずかしそうに、小さな声でそう続けた。

（…………）

6年の空白が、一気に縮まって消えた。

自惚れが過ぎると思っていた「まさか」は、正解のようだった。

僕の方から何かを言うべきか迷っていたところ、ナナコの側から、

「話、あってね」

切り出して、彼女はそっと息をついた。

それまでに話していた、いつもの明るい彼女の声とは、明らかに変わっていた。

さすがに鈍感な僕でも、それが何を意味するのか理解していた。

「ほんとは、もう少し後にするつもりだったんだ。みんなでゲームを作ってるときだったし、恭也も忙しくしてたし、さ」

オレンジ色に瞬く街灯が、彼女の横顔を映し出していた。その表情を、何かを思う顔を見て、僕は自分が本当に馬鹿でどうしようもないことを思い知った。

（茉平さんもあきれるはずだよ）

彼女がこんな顔をするまで、確証が持てなかったなんて。

思い上がりがどうとか、自惚れが過ぎるとか、そういうことで悩んでいたこと自体が、僕が何もわかっていなかったことを示していた。

「でも、アメリカに行くって話が出て、言わなきゃ、言わなきゃって考えてた。だから、今日こんなとこまで来てもらったの」

考えてみれば、そうなることしか考えられなかった。

分刻みでスケジュールを決められている彼女が、僕に関することでは時間を惜しみなく割いてくれて、ことあるごとに連絡をくれて。

ただ、仲が良い同級生に、たとえかつて好意を持っていたとしても、今そんなことをするわけがないだろう。

する理由なんて、1つしかないんだ。

「ずっと会えなかったときも、恭也のこと、忘れてなかった。でも言ったもんね。あたし、たくさん歌って、いろんな人に聴いて欲しいって」

　そう、約束した。

　そして彼女は歌い続けて、とんでもない存在になった。僕が想像もできなかったぐらい、ものすごくたくさんの人に、歌を聴かれるようになった。

「今でもね、思い出すことがあるんだ。高校生の頃のこと」

　ナナコ自身、自分のことが全然好きじゃなかった時代。

「大好きだけど下手だった歌を、心の奥にしまい込んで生きてた頃、あたしのことを見てくれる人なんて、誰もいなかった」

　何百万という単位で観（み）られるようになった今が信じられないぐらい、その当時のナナコは、誰からも認めてもらえない存在だった。

「だからね、とてもじゃないけど言い表せないぐらい、あたしにとって、恭也の存在って大きかったんだよ。歌うことを好きにさせてくれた、あのときからずっと」

　ナナコはもう、ずっと前から僕の遥（はる）か先を歩いていると思っていた。誰が先導するわけでもなく、彼女自身の力によって。

　だけどそれは違った。彼女は今でも、僕と共に歩いていると思っていたんだ。

「決めてたんだ。あたしの中で、ここまで頑張ったら恭也に好きって言うんだって。学生のときに約束してたことを果たすんだって」

そして彼女は、

「あたし、恭也のことが好き。大好き」

僕との約束を果たした。

「変わってないよ。ずっと変わってなかったよ。前に言ったときから、ずっと恭也が好きってこと。ほんとにずっと、そうだったんだから」

時間をさかのぼる前の頃から、あこがれだった存在のN@NA。そこに至る前の存在であった小暮奈々子から、僕はずっと好意を持ってもらっていた。

なのに勝手な思い込みで、もうそれは消えたものとばかり思っていた。

（……ありがとう、ナナコ）

感謝の気持ちと共に、はっきりと思い出した。

貫之がシェアハウスに戻ってきた翌日だった。あのとき、彼女が僕のことを好きと言ってくれた際、彼女とどんな約束をしたのかを。

「返事、聞かせて」

ナナコのまっすぐな目が、僕をしっかりと射貫いている。

そう、僕はあのとき、彼女と約束したんだ。

次はちゃんと返事してね、と。

もしもそのようなことを言われたとき、この言葉を返そう。そう、決めておいて良かったと思う。決めていなかったら、きっと何も言えなかっただろうから。

「ナナコ、僕は――」

夜の澄んだ空気に、２人の言葉が吸い込まれていく。

何年もの時間をかけた物語と共に。

夢の中に置き去りにされたように、僕はどう帰ったかわからないぐらいフワフワした状態のまま、電車を乗り継いで家へ帰り着いた。

彼女の言った言葉、表情、その場の空気。脳がそれらを濃密に記録し、絶対に忘れさせるかとばかりに支配し続けた。

当然のように注意力は散漫になり、目をつぶってもたどり着けるぐらいに通い慣れた家路で、僕は3度もつまずいて転びそうになった。

やっとマンションに着き、ドアを開け、ネクタイを緩めてベッドへと倒れ込んだ。フーッと大きく息をついたところで、やっと少しだけ落ち着くことができた。

ベッドに寝転んだまま、パチンと両頬(ほお)を叩(たた)く。

「橋場(はしば)恭也、こういう話についてはまるで成長してない、な」

僕が自嘲したのをどこかで見られていたかのように、

深夜の部屋に、着信を示す音が鳴り響いた。

画面に映し出された名前を見て、この流れから電話があったことに、つくづく悪い意味での運命を感じ取っていた。

「もしもし――河瀬川（かわせがわ）？」

電話の内容はシンプルに、話があるから会って欲しい、というものだった。

大丈夫だと告げると、電話はあっさりと切れた。画面の消えたスマホを見つめながら、僕は当然のように意識し始めた。

（まさか……）

アメリカへ行くタイミング、河瀬川からの好意的な感情、そしてナナコの告白。要素からすれば、「そうなるかも」しれないフラグは立っていた。

「用件、結局言わなかったしな」

河瀬川は、何か用事があるときには、必ずそれを伝えてきた。

それは学生時代から一切変わることはなかった。自分がそうされたら嫌だからと、目的を伝えた上でアポイントを取るようにしていた。

なのに今回は、話があるの一言だけだった。

僕はしっかり気構えをした上で、彼女と会う日を迎えることにした。

◇

2日後、僕は新宿の飲み屋にいた。

ムードとかいったものとは正反対の、それこそ半径3メートルにおじさんたちが群れでいるような喧噪の中で、河瀬川英子と向き合っていた。

早速、彼女は立て続けにハイボールを2杯飲み干すと、真っ赤になった顔をこちらに向けて、いきなり、

「好きで悪かったわね！」

思わず聞き返しそうになるぐらい、唐突にそう言ってきたのだった。

ナナコのときと違って、ムードもクソもなかった。ひょっとしたら、酔った勢いで言うはずのない言葉をうっかり言ってしまったのかもしれない。そう思うぐらい、河瀬川の口から出た「好き」は、ナンコツの唐揚げや特濃ハイボールと同じぐらいのトーンで軽く発せられたものだった。

（あまり深く突っ込まない方が良さそうだな）

身の安全のためにそう決めたのだけれど、ここから彼女は、僕に対して怒濤の勢いで罵詈雑言を浴びせていくことになるのだった。

内容はというと、僕がいかに鈍感であるかという一点についてだ。

「馬鹿、鈍感、超弩級恋愛音痴」

「ごめんなさい」

「感知能力の欠落した悪魔、一昔前のラノベ主人公、無意識に人の心を弄ぶ最低男」

「ごめんなさいごめんなさい」

もう1時間ぐらい、こうやって罵られていた。

「さすがに気づいてたわよね、気づかなかったなんて言ってみなさい、今からこのメガハイボール、頭からかけてやるんだから」

「気づいてます、気づいてました。だから許して」

「すべての言葉の最後に『ごめんなさい』をつけなさいって言ったわよね」

「そうでした、許してください、ごめんなさい」

「誰かさんがアメリカに行くって聞いて、じゃあもういろんなことにケリをつけなきゃいけないって思って電話したけれど、そもそもなんでわたしから貴方にこうやって時間を取って改めて言わなきゃいけないのよ、ねえ、聞いてますかハイパー鈍感男」

「聞いています。ごめんなさい」

「じゃあ聞くけど、さっき気づいてたって言ってたわたしの気持ち、どこのタイミングで気づいたか言ってみなさい。わたしが自覚した時期と多少の誤差ぐらいだったら許してあげるけど、とんでもなく遅かったり的外れだったりしたら」

「したら……？」

「髪の毛からお酒を飲むことになるわね」

「え、えっと、あの、2回生のとき、みんなで白浜に行き、行きましたよね」

「行った」

「そのとき。夜、みんな花火で遊んでて、その様子を2人で見てて、河瀬川の顔を見たときに、ひょっとしたら、って思ったのが最初だった」

「……………」

河瀬川は黙ったまま、僕をジト目でにらみつけた状態でメガハイボールのジョッキを掲げ、中身を3分の1ぐらい飲んだあとで、

「つまんない。正解」

どうやら、頭からハイボールを飲まなくてよかったみたいだ。

「よかった……」

「よくないわよ！　じゃあなんで8年も前から気づいていたのに、貴方から言ってくれなかったの!!」

「ひっ！」

どうやら、また危機が訪れたみたいだった。

「ほんっっっっっとうにどうしようもないわね、橋場恭也！」

怒りのボルテージが再び上がり始めた彼女に、僕は、

「あのさ、河瀬川」

「なによ」

「言わなかったのには理由がある。僕もあの頃、誰かと付き合うとかは全然考えられなかったし、みんなのことを本当に大切に思っていたから、そのときの流れでなんて、言えなかったんだ。決して、優柔不断だとか、もてあそんでとか、そんな気持ちで言わなかったんじゃないんだ。それだけは……本当なんだ」

河瀬川は、僕の顔を穴の空くほど見つめ、そして、スッと目を逸らすと、

「……知ってるわよ、だからわたしも何も言えなかったのよ」

小さくボソッと、そうつぶやいた。

◇

延々飲み続けて、いつも通りというか彼女が潰れて、僕は会計を済ませると、河瀬川に肩を貸して、店の外へと出た。

ありがとうございましたー、という店員の声を背中に受けて、僕ら2人は深夜の新宿を

歩く。不思議と、この街には親近感というか、ずっとここにいたような気分になる。デジャヴというやつだろうか。特に、河瀬川といっしょにいると、以前もこんなことがあったな、と思うことが多かった。

家電量販店の脇を抜け、大きなホテルやオフィスビルのある通りに出る。ちょうど腰掛けるのにちょうどいい高さの石が整然と並んでいる場所を見つけ、そこへ僕の上着を敷いて、彼女を座らせた。

近くにあった自販機でお茶を2つ買い、ほうじ茶のペットボトルを差し出す。もう何度も行われた儀式みたいになっていた。

河瀬川はそれを受け取り、フタを取って一口飲み込んだ。フーッと息をついて、自分の行為を悔いるように、頭を振った後で、

「……ありがと、いつも」

「どういたしまして」

最初に2人でお酒を飲んだのは、いつだっただろうか。

周りの大学生が、未成年でどんどん飲み会デビューをしていく中、自分だけは頑(かたく)なに、成人するまでは飲まないと決めていた河瀬川。そんな彼女が、特に興味もないけれどと言いながら飲み始め、酒の虜(とりこ)になったのはなんともおもしろいことだった。

それ以降、同じ制作組で苦労話も共通することもあり、飲む機会は多くなった。そして

その大半が、彼女が潰れて僕が介抱するパターンだった。作品作りだと、僕が彼女に迷惑をかけるパターンが多かったから、飲みの席ではバランスを取っているのかと思うぐらいに、彼女は毎回のように潰れた。

「もう、ほんとダメね。いっつもこうやって潰れて貴方に介抱されて。成長する要素がない生き物なのかしら」

「酔っても自分を保っていられるようになっただけ、マシになったよ」

これは本当で、大学生の頃なんかは、わんわん泣き出すようなことも度々あった。それから考えれば、すごく、成長したと思える。

「スタートがマイナス100で、それがマイナス70になったのは成長って言わないのよ。ドクズがクズになったってことで、クズには変わりないんだから」

「河瀬川は他にものすごい魅力があるんだから、いいんだって」

フォローでもなんでもなく、素直に思ったのだけれど、

「口先だけのやさしさね。そういうとこ、大人になったんだ」

ちょっと、スネてしまったようだ。

夜風が気持ちいい。若かった頃より、周りの空気に対して敏感になった気がする。段々と、エアコンの風より外の空気を求めるようになってきて、身体が自然に還りたくなってきてるのかなと、アホなことを考えたりもした。

実際は年を重ねて感覚が変化しただけなんだろうけど、そんなことはともかく、僕らはちょうどいい風に身体を当てて、しばらくその感覚に身を任せていた。

「こういう年齢になってね」

ぽつりと、河瀬川がつぶやいた。

「人を好きとか嫌いとか、ほんとにシンプルなことについても、やれ結婚だのなんだのって面倒なことが山ほどくっついてきて、人にそういう意思表明をすること自体がはばかれるようになるの、なんか嫌だなって思うわ」

「たしかに、厄介なことが増えたね」

結婚は、そのデメリットを実感する前の若い頃に、勢いでしろっていうのはよく見かけるアドバイスだ。そう思わせるぐらい、年を重ねてから人を好きになるのって、まあ本当にしがらみが多くなる。

「嫌だって思うけど、面倒だなって思う気持ちもあった。だから、自分の中で柵を作って、感情がそっちへ行かないように気をつけてた」

河瀬川は、フッと遠くを見るような目をした。

「学生の頃ね」

思い出をたどるようにして、話を始めた。

「貴方へのあこがれもあったし、嫉妬だってあった。すごく頼りにすることもあれば、情けないわねって思うこともあった。マイナスにもプラスにも、他人にこれだけ感情を揺さぶられたのって、経験がなかった」

　彼女はそれぐらい、僕のことを考えてくれていたのか。かつての未来で出会った彼女からも、そこまで知ることはできなかった。

「気がついたら、橋場のことをずっと考えるようになってた。感情がパンクしそうになってた。でもこれまでは、仕事とかを無理矢理押し込んで、それで見えないようにしてた。これが仕事なら、悪手だってすぐにわかるのにね。こっち側の話だけで言うなら、わたしは本当に無能中の無能よ」

　そうしているうちに、本業である仕事が手詰まりになった。

　彼女は迷った。連絡を取るべきかどうなのか。会ってしまえば、感情が戻る。つらくなるだけかもしれないと、判断をためらった。

「それでも、やっぱり会いたかったんだ。会えて、うれしかった」

　竹那珂さんから僕が渡米する話を聞いて、河瀬川は真剣に考えた。

「ナナコから話をされた。橋場のこと好きだって。もちろんお互いにわかってたんだけどね。それでも、わたしはまだ迷ってた。ナナコみたいに生きられないなって、ウジウジして。だけど、このままじゃ何もしないまま終わっちゃうから、全力を出して貴方に電話した。来て、としか言えなかった」

ナナコのことも、きっかけになった。

その結果が、今日だった。

「こうやって、バカみたいにお酒を飲んで、酔っ払って言うぐらいしかわたしには思いつかなかった。普段の、気取って何かにつけてあれこれ考えてるわたしは、素面じゃ絶対に言えないなって思った」

「…………」

本題だ、と思った。

「こっち向いて」

河瀬川の声がした。

とてもかわいらしい、そのまま抱きしめたくなってしまう、そんな声だった。

彼女が僕を見る。

目はちょっと潤んでいて、夜の街の光を吸ってキラキラしていた。

「今わたしは酔ってる。盛大に酔った上で、言うけど」

「……はい」

スーッと、息を吸う音がした。

「――好き。大好き。ずっと大好きだったんだよ、恭也」

心の奥が、キュッと狭まるような感覚があった。

ずっと隣にいた子が、急に特別な存在に変わって、なんだかたまらない気持ちがこみ上げてきた。

「貴方の笑ってる顔も、困ってる顔も、悩んでる顔も、ちょっと悲しんでる顔も、ぜんぶ見てきたし、ぜんぶ好き。人の為に真剣になって考えることができて、その上で自分を強く持つことができて、わたしにないものをたくさん持っていて、だけどわたしを必要だと言ってくれた、そんな貴方が好きなの」

もしこれが、学生の頃の終わりがけの出来事だったら。僕は間違いなく、このまま彼女を抱きしめていたんだろうなと思った。

でも、今はできない。

だから、

「……河瀬川」

僕にとっては特別な意味をこめて、感慨を抱きつつ、呼び慣れた名前を呼んだ。

だけど、彼女はちょっと不満そうに、よくしていたように唇を尖らせて、

「そこぐらい、名前で呼べ、ばか」

「ごめん……」

想いってシンプルには伝わらないんだなって、反省した。

だからこそ河瀬川は、おそらくとても頑張って、さっきの言葉を言ったんだろうなって、

思った。

「アメリカに行っちゃう前に、返事しなさい」

「うん」

「会わなくていい。電話でもメールでも、面倒じゃない形で言って。わたしは、貴方の言葉を受け止めるから」

一気にそこまで言い切ると、彼女はスッと立ち上がった。

「醒めた。2軒目、行く」

「ウソ、でしょ……?」

程々、とはとても言えないぐらいの量を飲んでいたのに。

元はちょっと弱いぐらいだったけど、どうやら社会人になってからの経験が、功を奏した? のか、河瀬川の酒許容量は増えてしまったみたいだ。

とはいえ心配する言葉をかけると、彼女はふてくされたような口調で、

「今日ぐらいは最後まで付き合いなさいよ。特別な日なんだから」

「……わかりました」

そう言われたら、断ることなんかできるわけがなかった。

「さ、行きましょ」

僕らはペットボトルの中身を飲み干し、ゴミ箱へ放り込むと、そのまま新宿の街を再び

歩き出した。数々のネオンの光を浴びた河瀬川の後ろ姿が、ちょっと神々しさを感じるぐらい、輝いていた。

◇

時間というのは、何か刻限を決めてしまうと、一気に過ぎ去ってしまうものだ。

アメリカ行きの日程を先に決めた僕は、まさに今、それを体感していた。

「パスポートよし、各種書類よし、挨拶も終わった、連絡も終わった、送るものも送った、あとは……大丈夫な、はず」

すでに立川(たちかわ)の家は退去して、ホテルに連泊していた。向こうでお金を使うことも多いだろうから、適当なビジネスホテルでと思っていたら、

『パイセンの船出なんですから、ちょっとぐらい豪勢にしてくださいよ！』

雇用元となるトランスアクティブ社の代表が、かなり良いホテルを数泊分、とってくれたのだった。

「ありがとうございます、社長」

夜景に向かって、パンパンと手を合わせる。

おかげで、ベッドと小さい机と無駄にでかいテレビ、あとは何もなし！みたいなよくあ

るビジホではなく、少し歩いて回れるぐらいのスペースのある部屋で、残りの日数を過ごすことができた。

「明日なんだなあ」

アメリカで働くための、すべての手続きが終わった。明日の成田発ロサンゼルス行きの飛行機で、僕は日本を発つ。

いざとなると、全然ピンと来なかったけど、スーツケースに荷物を詰め直す段になってようやく、その実感が湧いてきた。

窓辺から、ベッドの方へと歩いて腰掛ける。一瞬、フラッと足がもつれそうになった。そこまでお酒は飲んでいなかったけれど、多少は酔いが回ったみたいだ。

「全員、ちゃんと家に帰ったかな」

今日は、いつものメンバーに茉平さんを加えての送別会だった。詳細は省くけれど、夜9時に解散したとは思えないぐらい、まあ派手に飲んだ会となった。

ナナコ・河瀬川の酒癖姉妹はもちろんだったけれど、意外だったのが茉平さんで、日本酒をキューーッと飲んだあと、僕の横に座り、行っちゃうのか～橋場くん～と泣き出した。貫之が気を遣ってなだめてくれたけど、思わぬ姿を見ることになって、とても驚いた。

「ありがとう、みんな」

会は最後、だいぶグダグダになってしまったので、言えなかったお礼の言葉を天井に向かって言った。まあ、今生の別れでもないし、またどこかでこっちに帰ってきたら、みんなで会うこともあるだろう。

だけど、僕はこれから当分の間、みんなと異なる地で時間を過ごす。

物理的に、そうそう会えない場所へ行くんだ。

翌朝、ホテルから直通のバスが出ていたので、それを使って成田空港まで向かった。

主に羽田（はねだ）からの国内線ばかり使っていた僕からすると、成田はちょっと遠い印象があった。実際、こうしてバスで移動していても、この先に国際空港があるのかと不安になるぐらい、のどかな田園風景が広がっている。

だけど、これから未知の世界へ行こうとしている立場込みで考えると、この異世界へ誘われる感じは、情緒があっていいなあと思った。

「しばらく、この風景も見納めだよなあ」

奈良（なら）にいたころにもよく見た、まさに日本といった田舎の風景。あと2〜3時間もすれば、この土地から離れてしまうことが、まだ信じられなかった。

でも、最も信じられないのは、今のこの境遇かもしれない。

誰かに必要とされて、遥(はる)か遠くの地へと赴く。しかもその求めている人は、自分の作った作品のファンだ。

何もかも、受け取るばかりだった過去が、もはや信じられない。

「やっと、入口まで来たんだな」

迷って、遠回りをして、それでやっとたどり着く場所。そこへ着いたら、しばらくはものを作ることだけを考えて、過ごしていくはずだ。

スマホの時計で、現在時刻を確認する。

ターミナルビルの待ち合わせ場所は、もう彼女に知らせてあった。

考えている間にバスは山間(やまあい)を抜け、だだっ広い平野へと出た。突如広がった白く大きな建造物と、長い長いどこまでも続くような滑走路。

異世界への、入口だった。

国際線のあるターミナルビルの前でバスを降り、少々重いスーツケースを引いて、搭乗手続きのカウンターへ向かった。チケットの発券や、荷物の預かりなどをスムーズに行い、あとは出国手続きを済ませるだけとなった。

飛行機が出るまでは、まだまだ時間の余裕がある。ラウンジなどへ行って時間を潰すこともできたけれど、今日はこれから、大切な用事があった。

ターミナルを広く見渡せる場所に腰を下ろし、ホッと息をつく。

羽田と国際線の旅客を分け合ったとはいえ、今でも成田は日本の玄関口だ。様々な国々の人たちが、僕の前を行き交っている。

僕と、今のところは何の関係もない人たちが、これだけ多く存在している。今後、ひょっとしたら、ここにいる知らない人とも、知り合いになるのかもしれない。

「……みんなだって、そうだったんだ」

かつては、何も触れ合うことのなかった、プラチナ世代のクリエイターたち。このまま、何も関係することなく過ごしていくと思っていたのに、時間をさかのぼったことで、かけがえのない存在へと変わっていった。

いいことなのか、悪いことなのか。僕には何もわからないけれど、運命とかいうものがそうさせたのだとしたら、僕はやっと、この言葉を言える。

橋場恭也は、懸命に生きている。自分を偽らず、生きている。

だから、ここに今こうして、胸を張っていることができるんだって。

「言っても、いいですよね？」

僕の時間をさかのぼらせ、やり直させてくれた誰か。もう名前も、どんな姿かも思い出せない、おぼろげにその存在があったことだけ思い出せる誰かに、問いかけた。

もちろん、答えなんかない。たぶんだけど、その相手は言うと思う。

「答えは君の中にあるんやで」

って。

なおも僕は、行き交う人たちを見つめている。慌ただしく通り過ぎていくサラリーマン風の男性、これから旅に行くのだろう家族連れ、行き先についてのパンフレットを読みながら、あれこれ話しているカップル。

何の気もなく、そんな緩い人間観察をしていたら、

「あっ……」

突然目の前に、とてもよく見知った顔が現れた。

薄い茶色の髪に、大きなサングラス。薄いピンク色のパーカーにデニムという格好は、

おそらく本人からすれば地味な方かもしれない。

あまり派手な格好では、ちょっと騒ぎになるからと、遠慮したのかもしれなかった。

「――恭也（きょうや）」

彼女、小暮奈々子（こぐれななこ）は僕の名前を呼ぶ。

「――ナナコ」

僕も同じく、彼女の名前を呼んだ。

お互いこうやって名前を呼び合うことも、しばらくはないだろうと知っていたから。

だから、揃(そろ)って同じことをしたんだろうって思った。

互いの距離は2メートル程度。ちょっと歩けば、すぐに近づける距離。

だけど、その距離が縮まることは、なかった。

「来て、くれたんだ」

僕は、それだけ言った。

「うん」

外さないままのサングラスの向こうで、光の筋が、頬(ほお)を伝っていくのが見えた。

泣いてしまうことはわかっていたから、
あまり喋(しゃべ)れないこともわかっていたから、
そんな彼女が、それでもここへ来てくれたことが、嬉(うれ)しかった。

僕はただ、そんな彼女をジッと見守ることしかできなかった。

何かを言ったら嘘(うそ)になってしまうと思っていたから。

「頑張ってね」

「ありがとう」

だから、僕らはただそれだけの言葉を交わして、ナナコは背を向けて去っていった。最初の数歩はゆっくり、そのあとは走るように。

消えていく彼女の姿を、ずっと見送っていた。

「あーあ、結局泣いちゃったか」

背後で、ため息交じりの言葉が聞こえた。

「いっしょに来てたの？」

僕が尋ねると、彼女はうなずいた。

「1人でお別れをしに行くって言うから、たぶんそれ、帰りがつらくてヤバいわよって話をしてね。それで、いっしょに行くことにしたわ。案の定、付き合ってよかったけどね」

河瀬川英子(かわせがわえいこ)は、ハァ、とため息をついた。

「聞いたわよ。ナナコから」

「……そっか」

何について、なんて聞くまでもなかった。

ナナコに対しても、そして河瀬川に対しても。

「これからフラれた者同士、帰りにヤケ酒って感じになりそうよ」

苦笑しながら言った彼女の目も、真っ赤だった。

「ごめん、河瀬川。ナナコのことも」

世話をかけたことを詫(わ)びると、

「まったくよ。こんなやつの、どこがいいんだか」

言って、持っていた赤いポーチでコツンと殴られた。

「わかってると思うけど、わたしにしろナナコにしろ、フッたから申し訳ないとかごめんなさいとか、そういうのはナシにしなさいよね。お互いに気まずいだけだし、あの子もわたしも、まだまだ長い人生、貴方と関わることは多そうなんだから」

「そうだね……ありがとう」

こんなに嬉しい言葉があるだろうか。

「はいこれ、いらないかもしれないけど、一応、海外旅行にいるかもってやつ」

河瀬川はそう言って、日本製の風邪薬やら栄養剤やら、なんかそういう詰め合わせ的なものを渡してくれた。

「向こうは国民健康保険とかないし、医者にかかったらお金が飛んで行くって覚悟した方がいいわ。だから健康管理は日本よりもきちんとね」

「わかった、気をつけるよ」

海外出張経験のある、河瀬川らしいアドバイスだった。

ありがたく心遣いセットを受け取って、手持ちのカバンへと入れた。

「で、そろそろ待ち合わせの時間なの？」

「15分ぐらい後。きっと、時間ぴったりに来るんじゃないかなって思うけど」

「そうね、あの子らしいわ」

互いに、小さく笑う。

「ここで顔を合わせても気まずいし、わたしももう行く」

河瀬川(かわせがわ)は軽くうなずいて、クルッと背中を向けた。

「これから盛大に泣くから、絶対にこっち見ないでね」

「……うん」

「約束よ」

河瀬川は、しっかりとした足取りのまま歩いて行った。後ろ姿だけを見ていたら、きっと彼女が泣いているだなんて、誰も思わないだろう。

だけど、河瀬川は泣いている。彼女がそう言うのなら、間違いないからだ。これまでも、そしてこれからも、ずっとそのはずだ。

姿が見えなくなるまで、見送った。

また、知っている人が誰もいない場所になった。

視界に入る情報が急に少なくなったところで、僕は天井を仰ぎ見ながら、先日の出来事を思い出す。

◇

彼女と話したのは、ナナコや河瀬川と会ったあとだった。

僕が進行管理をしていた、特典用のイラストをチェックするという目的で、会って話をしようと連絡があった。

話は比較的すぐに終わった。五反田の会社まで来てくれた彼女を送りに、僕らは共に外へ出た。大崎にあるソッズのオフィスで九路田に会う用事があるらしく、それなら徒歩圏内だからと、散歩がてら歩くことになった。

もうすぐ、春になろうとしている季節だった。桜の時期にはまだ早く、美しい並木道とはいかなかったけれど、汗ばむこともなく、歩くにはちょうどいい頃合いだった。

「もうすぐやね」

シノアキがつぶやいた。

「うん、茉平さんが送別会をしてくれるらしいから、ぜひ来てよ」

もちろんやよ、と答えてすぐに、

「あのね、恭也くん」

先を歩いていた彼女が、こちらを振り返った。

こうやって、何度も2人で歩いたことを思い出した。芸大の桜並木を、学生の頃と、そしてつい最近も。僕の中で、何か特別なものが起こるとき、必ず彼女が側にいてくれたように思う。

「いっしょにいて欲しいんよ、ってお願いしたこと、覚えとる？」

忘れるわけがない。

その約束を違えてしまったことが、僕の中で、ずっと傷になって残っていた。

「もちろんだよ」

答えると、シノアキはふわりと笑った。

「ごめんね」

どうして謝るんだろう、と不思議に思った。

謝るのは当然、僕の方なのに。

「あのときはまだ、わたしもよくわからんかった。誰かといっしょにいるっていうのが、どういうことなんかなって」

彼女は話し続ける。暖かな日差しの中で、少しうしろの方に山手線の電車が通り過ぎる音が響く中。

「わたしね、ずっと絵ばっかり描いとって、1人でいることが多かったから、それが普通やって思っとったんよ」

大学に入るまでの間、シノアキはずっと1人だった。

彼女を心配する弟と、見守ってくれる父がいてもなお、彼女は絵を描くことでずっと1人で生きてきた。

「恭也くんといっしょにいて、話したり、考えたり、笑ったり、泣いたりしてるうちに、それが1人のときよりずっと、あったかくなるってわかったんよ」

大学生になって、その環境に変化が訪れた。

僕を始めとして、仲間たちが近くに在るようになった。

「でも、それがわかったんは、大学を卒業してから、わたしが1人でお仕事をするようになってからやった」

シノアキは仕事で絵を描き続けた。

だけどそこには、僕も仲間たちもいなかった。

「それで、気づいたんよね。1人でいろんなことをするのって、こんなに足りない気持ちになるんやねって」

彼女はその感情の正体に気づかなかった。

ただ漠然と、さみしさを覚えたまま今日までの時間を過ごしてきた。

「だから、2人で……ってこと？」

僕が尋ねると、彼女はゆっくりと首を横に振った。

「最初はそう思ったんよ。でも、そうじゃないのかもって」

どういうことなんだろう。

クリエイターとしての彼女は、ずっと1人だった。その側にいて、支えてくれる存在の大切さを感じた、ということではないのだろうか。

「さみしいって気持ちを埋めるだけじゃ、いっしょにおってもつらいだけなんよね。いつか離れてしまうかもしれんし、そうなったら、みんな悲しい気持ちになるから」

ハッとした。彼女の母と、そして家族のことを思い出したからだ。

「1人でずっと考えて、でも答えは出んかった。そうしてる間に、また恭也くんと会うことになって、また考えて」

ずっとものを作り続けて、そしてきっとこれからも作り続けて。

そうして、これから生きていく上での大切なことを、彼女は真剣に考えた。

「恭也くんにいて欲しいなって気持ちは、ずっと持ってた。だけどそれが、恭也くんのやりたいことを小さくしちゃうのかもって、恐くなったんよ」

でもね、とシノアキは笑って、

「こないだの話を聞いて安心した。恭也くんは、ただジッとしてる人じゃなかった」

僕がアメリカに行く話を知り、彼女はそこで答えを出した。

「作りたいものを作れるようになるために、遠いところまで行ってくるって聞いて、わたしはそれで、やっとはっきりとわかったんよ」

ジッと僕を見つめる目。優しくて柔らかなその目は、しばらく見ない間に、とても強い光を帯びるようになっていた。

「この人と一緒に、ものを作りたいって。ものを作って、考えて、また新しく何かを考えて、作って……ずっとそうしていられる人が、ここにいたんだって」

作る人をただ支えて見守るのではなく、自らも作り、互いに高めていく。

シノアキの中にあったそんな理想が、時間が経つごとに次第に形作られ、そして僕の決意と共にはっきりと見えた。

時間の流れと行動とすべてが噛み合わなければ、きっとこうはならなかったから。

僕との時間を思いだし、シノアキなりに、それがどういう意味をもったのか、丁寧に解きほぐしていった。

それが今、繋がったんだ。

「やっと、わかった。わたしが恭也くんに、どんな気持ちを持ってたのかってこと」

ちょっとだけ下を向いて、そして、さっと顔を起こして。

ずっと見てきた彼女の顔が、真正面から、僕の方を向いた。

「――恭也くん、好き」

◇

「――シノアキ、僕も好きだ」

直接彼女に言ったことを、頭の中で反芻する。

どうしてその決断になったのか。色々な理由があるから、1つに絞るなんてとてもできない。彼女と過ごした、あらゆる時間や場面での思い出。そのすべてが、僕の中で大きかったから、ということになるのだろうか。

運命、なんだろうなって思う。

たとえば、思い出す。突然行くことになった孤独な世界で、シノアキとマキとの家族は、どれだけ僕の心を救ってくれただろうか。いってらっしゃい、と送り出してくれた２人の姿は、何年経った今もまだ鮮明に覚えている。

そして、思い出す。僕が別の道を進みながらも、再びクリエイティブの世界へ戻ってきたとき。シノアキが返事と共に僕に差し出してくれたのは、元々いた世界で数少ない希望だった、運命の画集だった。

迷いながらも歩き続け、ふと我に返ると、戻る場所にはシノアキがいた。大仰な言い方かもしれないけど、彼女は僕にとって帰る場所そのものだった。ただいまを言う場所は、常に彼女と共にあると、思っていた。

吸い込んだ空気の中に、ふっとやさしい香りが漂った。

ターミナルビルの、高い高い天井へ向いていた視線を、そのまま下へと向ける。

反射するほどに磨かれた床の上に、いつの間にか、彼女が立っていた。

「今日は、ちょっとだけ寒いんやね」

春を前にして、シノアキはちょっとだけ厚着をしていた。

「向こうは、暖かいといいんだけどね」

気候まで調べたわけじゃないけれど、そこまで対策をしなくてもいい、とは聞いていた。

だからまあ、なんとかなると思う。

「ありがとう、来てくれて」

「ううん。恭也くんとも、しばらくお別れやもんね」

考えてみれば、とんでもない話だ。

お互いに好きだと告白して、その直後に、遠距離恋愛がスタートする。

しかも、いつ帰れるかもはっきりとわからない日程だ。

だから彼女に聞いた。そもそもいっしょにいて欲しいと言われて、そこからの話なのに本当にこれでいいの、と。

だけど、シノアキはやさしく笑って、

「ええんよ。だって恭也くんもわたしも、いっしょに何かを作るんやもん。離れてても、やってることが同じやったら、それで、ね」

彼女は日本で、僕はアメリカで。

それぞれにものを作っていれば、想(おも)いは共有できる。

同じ道にいることがわかっていれば、会わなくても信じていられる。

かつて彼女が言った言葉の意味も、そういうことだったのかもしれない。

「シノアキ」

僕は、彼女を抱き寄せた。

小さな、とても小さな身体(からだ)だ。だけどこの身体には、とても強くてやさしくて、計り知れないものが入っている。

「いつとは約束できないけど、僕はきっと帰ってくる。そうしたら、またいっしょにものを作って欲しいんだ」

思えば、ずっとそのことを願い続けてきた。

だけどいつしか、シノアキは僕のずっと先へ行ってしまって、願いは果たせなくなってしまった。ミスクロでそれは叶(かな)ったように思えたけれど、結果的には、半分ぐらいしか果たせなかった。

だから、これを約束にする。

恋人同士がするものでは、ないようにも思うけど。

「うん、もちろんやよ」

　シノアキは、ずっと変わらないやさしい声で、

「恭也くんやったら、できるよ」

　何の根拠も僕にはないけれど、その一言で、どんな遠くにでも行けると思った。

　必ず、戻ろう。彼女とものを作るのに、ふさわしい存在になって。

　シノアキの体温が、身体の感触が、直接伝わってくる。こんなにも距離が近づいたのは、彼女と出会ってから初めてのことだった。

　でもそろそろ、離れなくちゃいけない。余裕をもって迎えたフライトの時間だけれど、そろそろ行かなければいけない頃合いになった。

　そのことをシノアキに告げようとしたところで、

「恭也くん、ちょっとだけ下を向いてくれん？」

　彼女の方から、そんなお願いをされた。

「え、いいけど……何？」

　どういう意図だろうと尋ねたところ、

「学園祭のときにしたこと、しよっかなって」

　久しく彼女が見せていなかった、ちょっといたずらを考えているときの目で、

「あっ……」

　油断しきっていた僕の顔に、彼女の顔が重なった。

なおも人の行き交う空港の出発ロビーで、僕らは互いの身体を重ねたまま、しばらくの間、ずっとそうしていた。


２０１６年が終わり、２０１７年になった。

僕の時間旅行は、10年の行程を終えて、新しい季節を迎えようとしていた。

これから先の時間は、もはや僕にはわからない。良い時間になるか悪い時間になるか、そのどちらも僕次第ということになる。

だけど僕は、それがとても嬉しくて、楽しみで仕方がなかった。

長い旅は終わった。そしてまた、新しくて長い旅が始まる——。

2020年1月、大阪府枚方市。

わたし、桐生友梨香の朝は、暴れ回るモンスター2匹との格闘から始まる。

「こらーっ!! コースケにトモキ! あんたら2人ともさっさと席について朝ご飯食べなさい!!!」

全力で叫んだあとは、コースケとトモキの身体を掴まえ、ケツを思いっきり叩いて無理矢理にでも席へ座らせる。

「いってぇ〜!!」

「かーさんなにすんのーっ!」

「やかましい! とっとと食べないと……って、あれ? そういやお父さんは?」

「まだ寝てるよ〜」

「みんなで起こしにいこっか?」

「あんたは食べてな! ちょっとお母さん、行ってくる」

はぁ〜っとため息をつきながら、廊下を抜けて寝室へと向かう。

まあ、ここのところ仕事もちょっとキツかったみたいだし、多少の寝坊ぐらいはまあいいかって見逃してたけど、どうも数日間様子を見ていたら、ただ甘えてるだけっぽかったので、そろそろ活を入れる時期かと思った次第だ。

寝室の引き戸をガラッと開け、布団を勢いよくめくる。

「孝史（たかふみ）！　いつまで寝てんの、さっさと朝ご飯食べて会社行く準備!!」

怒声の先にいるのは、さなぎのように身を縮めた、桐生孝史の姿があった。最近ちょっとお腹（なか）の出方が気になり始めた、某精密機器メーカーの広報宣伝部課長だ。

しかしこの家においては、子供の中でももっとも下、末弟として扱われることの多い、しょうもないおっちゃんだ。

「うう～ん、友梨香さん、やさしくして～ん」

「会社で役職ついてる人間の台詞（せりふ）とは思えないわね、ほんっと」

とりあえず、ケツをバシーンとひっぱたいて、

「子供に示しつかないから、ちゃんと起きて。お父さんなんだから」

彼にとって最も効く言葉をかけると、

「何ぃ！　奴（やつ）らもう起きてるのか、それはおとなしく寝てるわけにはいかんな！」

言うやいなや、ハチョーッと奇声を上げながらベッドから飛び出し、パジャマのままで居間へと走り去っていった。

「んっとに、もう……」

苦笑して、その後をゆっくりと追いかける。

「おとうさんおはよ～！」

「たかふみ～！」

「お～！　おまえら今日も元気か～！」

孝史は、子供たちとはとても仲が良い。まあ元々精神性が子供に近いってのもあるのかもしれないけれど、子煩悩で、育児もしっかり参加してくれる、良いパパだ。

（意外にちゃんと働いてるみたいだし、浮気もしないしギャンブルもしないし、旦那としては、ようやっとるってヤツよね）

調子に乗るから絶っっっっ対に言わないけれど。

「あ、そういやさ、次の美研同窓会、河瀬川ちゃんたちも来るかもって」

昨日届いていたＲＩＮＥの話をすると、

「何だと！　あの麗しい後輩ちゃんたちが来るのか！　いや～、前回は俺たち2人に杉本柿原のいつメンしか来なかったから、それは朗報じゃないの！」

「かも、ってことだからね！　そもそも、あの忙しいメンバーが全員揃うなんて、それこそ橋場くんでも帰ってこない限りありえないんだから、まあ期待はしないようにね」

「ハッシーかあ……」

孝史は、トーストを手にボーッと宙を見つめると、

「いいやつだったなあ……」

「亡くなったみたいに言うんじゃないよ、縁起でもない。こないだもヤホーニュースに出てたって我がごとみたいに喜んでたじゃん」

「そう、それよ！　２０１９年のインディーゲームアワード、ハッシーのメーカーが最優秀賞取ったってやつ！　あれは嬉しかったなあ～。俺の教えを守って、よく頑張ったよ、あいつは……うんうん」

　橋場くんも大阪の片隅で、まさかこいつにこんな勝手なこと言われてるなんて、思ってもないだろうなあ。

「やー、でもハッシーもこうなっちゃうと、ますます帰れなくなるんじゃねえの？」

「事情はよくわかんないけど、向こうからしてみりゃ、離したくないってなるよねえ」

　以前、ひさしぶりに会った河瀬川ちゃんから、なぜ橋場くんがアメリカに行ったのか、その辺の事情は聞いていた。

　成功して良かったと思う反面、帰ってきて欲しいなあ、というジレンマもある。

「それに、向こうに行ったままだとほら、シノアキちゃ……ガボファッ！」

　言いかけた孝史の口に、バターロールを突っ込んだ。

「あんたそれ、関係者の間でも絶対に言っちゃダメだからね！　シノアキちゃんがどんな思いで待ってるのか、ちゃんと考えなさいよ！」

「おとうさん、だまっちゃった！」

「たかふみげきちん！」

目を見開いた孝史を見て、子供たちがはしゃぐ。

当の孝史は、わたしのお叱りに無言でコクンコクンとうなずいていた。

「まあ、実際のとこ、そろそろ帰ってきて欲しいよね、橋場くん」

アメリカに行ってから、結局やり取りをしたのは最初の1年の頃に1回だけ。

それから後は、たまに出てくるエンタメ系のニュースで知る以外、彼の名前を見ることはなかった。

サークルのみんなではしゃいでいた、学園祭の日々をたまに思い出す。あの頃にいた子たちは、その後びっくりするぐらい、存在が大きくなっていった。

でも、何年かに1度ぐらいは、以前の彼らと顔を合わせて、元気にしてた？　って聞きたいなって思う。みんな、ほんといい子たちだったしね。

その機会があったら、この憎めない大先輩とモンスターを連れて、行くことにしよう。

◆

「桜井ちゃん！　アップデートファイルの最終チェック終わったよ、これでスパッとアップお願い！」

勢いよくキーボードを叩いていた小島さんが、ターン、とエンターキーを叩いて声を上げた。

「はぁい！　わかりましたぁ！」

共有サーバにある最新のテキストのバージョンを確認し、それをサイトに貼り付けて、更新ボタンを押す。異常なしとの報告を受けて、やっと、

「更新、無事終わりましたあ！」

部署のみんなに声をかけると、一気に緊張がほぐれ、安堵の声があちこちから漏れた。

「いやー、今回は大変だったね、思わぬバグ満載で」

小島さんはそう言って椅子にへたりこんだ。

「本当にお疲れさまでした！　オンライン対応、やってみて初めてわかりましたけど手強いですね……。うちでも本格的に対応しないと厳しそう」

サクシードは、大成功を収めたミスクロの展開として、派生作品のオンライン化を主要の事業として展開しようとしていた。

だけど、これまでやったことのなかったオンラインゲームは、さすがにノウハウがないと厳しかったのか、サービス開始からバグの続出で、ここまで堅実と言われ続けてきたサクシードにとって、初めての試練と言ってもいい批判に晒されてしまった。

ただ、これで終わらないのが茉平さんだ。

『幸い、オンラインはしっかりと対策を練って構築をし直せば、再評価をしてもらえる分野です。なんとしても、ミスクロオンラインを見事にリメイクして、次の代表作となるようにしましょう！』

全体のミーティングで、適切な対応策をとり、失敗をただ悔いるだけではなく前を向いて、みんなできちんと改善していこう、と提案した。批判を受けてちょっと落ち気味だったみんなの士気も一気に高まったし、結果としてはプラスになった。

そして今日、期待を受けてのバージョン2をリリースした。オンラインでは当初、監修に回っていた小島さんがメインプログラマーに復帰し、茉平さんも細かい仕様まできちんと指示を出した結果、βテストではかなりの高評価を得ることとなった。

（ゲーム開発って、終わりがないんだなあ）

ミスクロをみんなで作り上げたとき、これ以上のことはそうそうないって思ってたけど、実際はあれがスタートみたいなもので、規模の大きくなった開発部は、その後いくつもの企画が始まり、発売1ヶ月後にはもう次はどうなるって話になっていた。

小島さんはプログラマー集団のボスみたいな存在になったし、わたしも何もできなかった新入社員から、部下ができて小さなチームを任されるようになった。来年度には、自分の企画した作品が始まる予定にもなっている。

（これも全部、あの人のおかげなんだよね）

もはや会社内では、伝説の存在となっている人。

その人の発したと言われている、ぜってえなんとかする！　という言葉は、修羅場になった開発において、なかばミーム化して伝わっている。

「橋場さん、また会って話がしたいな」

今日のトピックスで、海外のゲームアワードで賞を取った話が出ていた。格好良く日本に凱旋帰国したら、茉平さんを通じて会いに行ってみよう。

「あ、そういや桜井ちゃん」

椅子にへたり込んでいた小島さんから声がかかった。

「本部長、午後から外出って書いてあるけど、どこ行くか聞いてる？」

「河瀬川さんですか？　ほら、あの本の発売記念サイン会が今日って……」

言うと、小島さんは「そうだわ」とうなずいて、

「社長が言ってたの思い出したわ。なんか予約忘れてて買えなかったから、今日どっかのショップに並んでキャンセル分買うんだ、って」

上場待ったなしと言われてる中堅メーカーの社長なのに、しっかりブラウザで予約したり、サイン会に行けないことを残念がっているの、ほんとおもしろい。

ちなみに、社長の権限を使って本をいただいたり、サインをしてもらったりするのは、

本人曰く、「色々な意味で失格だから絶対しない」のだそうだ。

（自分の会社の出版部から出てる本なのにな……）

変な社長だけど、そこがみんなから愛される理由でもあるんだよね。

「じゃ、本部長は今日たぶん戻らずだね」

「ええ、おそらく。あ、ビークラフトへのご連絡、どうされますか？」

今回のオンライン化については、サクシードとしてはめずらしく、業界大手の老舗玩具メーカー、ビークラフト社と共同で開発を行っていた。

茉平社長の古くからの知り合いが先方にいるらしく、そこから発展した縁らしいけど、こうやって横の繋がりを積極的に作っていくところなど、さすがの手腕だってみんな感心しきりだった。

「それ、社長がするからまかせてってさ。開発にもそうだけど、例の取締役にも挨拶しとかないと後が恐いからって」

首をすくめて、苦笑いをする小島さん。

「あ……ですね、伊知川さんには言った方が、たしかに」

ビークラフトの超やり手の取締役。若い女性でおっとりした雰囲気の方なんだけど、茉平社長はちょっと苦手だと仰ってた。『古くからの知り合い』らしいから、何か個人的な弱みでも握られているのかも……。

「さ、それじゃわたしも早朝から出てたし、何ごともなければ電話を一本入れて、これで帰ろうかな――」

そうですね、と言いかけたところで、

「バージョン2、バグ報告出てます！　軽微なもので、ゲーム進行を妨げるものではありませんが、確認をお願いします！」

「わ、わかった!!」

2人揃って、チェック用のＰＣへと戻っていく。

ゲーム制作、おもしろいけど、やっぱり大変だなあ！

◆

「では、なんとかバージョン2のリリースは無事に終わったということですね。どうもお疲れさまでした」

「バージョン1の際は、そちらにも大変ご迷惑をおかけいたしました。今回のリリースで、なんとか軌道に乗ったのでは……ということです」

電話の向こうでは、茉平社長が今回の開発についての概要を説明している。わたし、伊知川実花は、内容は頭に入れつつも、相変わらずいい声してるなーとか、そういうどうでもいいことをぼんやり考えていた。

「以上です。特にご質問もなければ、こちらで終わりますが――」

「康くん」

不意打ちといった感じで、名前を呼んでやった。

「どうしたんですか、伊知川さん。急に名前で呼ぶなんて、何か恐いことでも考えてらっしゃるんですか?」

苦笑交じりで、あしらわれてしまった。昔から頭のいい子だったけど、こうも察しが良いと、かわいくないなあって思ってしまう。

「そんなんじゃないって。ねえ、前にも言ってたけど、今回のミスクロの開発メンバー、どうやって集めたの、あんなにすごい人たち」

ずっと、気になっていたことだった。

ゲーム開発から次第に遠ざかろうとしていたサクシードが、突如、電撃的に発表した超大作。目もくらむようなスタークリエイターの共演だけでも話題性抜群だったのに、実際にできあがったゲームも素晴らしい出来で、小規模の作品ばかりで尻すぼみになっていたサクシードは、一気に注目メーカーへと変貌した。

当然のように、開発責任者だった茉平康は脚光を浴びたのだけれど、彼は「スタッフが優秀だからです」としか言わず、どうやってこの企画をまとめ上げたのかについては、一切触れることはなかった。

「ずっと言っている通りですよ。スタッフが頑張ってくれたから、実現したんです」

ほら来た。リリース文とまったく変わらない言葉。ほんとかわいくないんだから。

でもわたしは知っているんだ。今回の企画については、茉平康の裏に、しっかりとこの難業をまとめ上げた人物がいることを。

「橋場(はしば)くん、紹介してくれない？」

「ダメです」

「そ、即答なの⁉」

「だって伊知川さん、絶対にスカウトするでしょ？　ダメですよ、そんな危険な人にうちの大切なスタッフを紹介するなんて」

今はサクシード所属じゃなくて、竹那珂(たけなか)ちゃんのとこにいるんでしょ。なのに自分のものにしちゃってさ。ずるい。

「いいわよ、どうせそのうち、どこかで会うだろうから」

「わかりました。じゃあ彼の心が動かないよう、こちらも頑張りますね」

ま、今日はこれぐらいにしておこうかな。あまりしつこいと、電話取り次いでくれなくなっちゃいそうだしね。

「はーい。あ、お父さんにもよろしくね。仲直り、良かったね」

「ええ、まだ少しずつですけどね。それじゃ、失礼します」

電話が切れた。まあ、先制攻撃としてはこんなものかなって感じだ。

「なんか、以前の堅物マジメくんから、ちょっと進化したみたいね。康くん」

これも、例の人物からの影響だったりするんだろうか。となると、ますますどんな人なのか、興味が湧いてくるじゃない。

「橋場恭也、ね」

とりあえず、からかい甲斐のある子だとおもしろいんだけどね。

その日まで楽しみにしておこう。

◆

「マッスルニンニン！　どうもゲンキロウです、上腕二頭筋！　さあ、今日はですね、筋肉イラスト修行ということで、ゲストをお招きしています！　人気イラストレーターの、御法彩花さんです、どうぞ!!」

「あ、こんにちは～御法彩花です～って、ここのチャンネルの人にはたぶん、全然知られてない気がしますけど……」

「んなわけねえだろ！　うちのママなんだから、みんな知ってるって！」

「いやもう、そのママってのほんとやめてくださいって！　たしかにVの身体はわたしが描きましたけど、ねえ！」

「ガハハ！　ママであることには変わりねえじゃんか、ではこのあと早速、イラストを教えてもらっちゃいますよ！　アイキャッチ、ドン！」

都内にある、火川先輩のスタジオで行われた撮影は、進行がスムーズだったこともあってか、3時間程度で終了した。

「斎川お疲れ！　朝からありがとうな、大変だっただろ」

「どういたしまして〜。でも良かったですね、夕方からの予定に影響なさそうで」

「おう！　あれは絶対にずらせないからな！　で、九路田と竹那珂はどこ行ったんだ？」

言われてみると、たしかに2人とも現場から姿を消していた。

「たぶん別室で、打ち合わせとかしてるんじゃないですか。わたし、行ってきますよ」

「おう、こっち終わったぞって伝えてきてくれ！」

火川先輩はそう言うと、チャンネルの撮影スタッフたちと、別件の話を始めた。わたしはスタジオから出ると、ミーティングルームへと向かう。

（にしても、すごい人気だな、火川先輩）

まだユーチューバーという言葉がそこまで浸透していなかった頃から、筋力トレーニングを忍者の格好でやる、というコンセプトで動画を作り続け、ゲーム実況、料理、身体を張ったバラエティなど様々なジャンルに挑戦した結果、今ではもう、登録者数３００万人超えの大スターになってしまった。特に、忍者の格好が海外で受けまくっていて、今日も海外のプレスから取材を受けていた。

まあ、本人はそれを狙ってたわけじゃなく、

『忍研だったから装束もあったしな、ガハハ！』

偶然だったんかい！

まあ、そういうナチュラルさも受けてるんだろうね、きっと。

ミーティングルームの入口からこっそりと中を覗くと、案の定、九路田先輩と竹那珂が、２人でうなりながら何かの相談をしているところだった。

「ということから、タケナカはミスクロの枠じゃなくて、完全に新作にしちゃった方が作りやすいって思うんですけど、どうでしょうか」

「たしかにそうだが、今時完全に新規のソシャゲをやるの、マジで茨の道だぞ？　だったら、ミスクロの関連作ってことにした上で、実際は新規ＩＰのつもりでやるって方が、保険も効いていいんじゃないか」

「コンシューマーゲームの人気と知名度、ソシャゲでそこまでメリットありますかね……。超有名タイトルならまだわかりますけど、ミスクロはまだ1作しか出てないですし」

「だよなあ……お、斎川、撮影終わったのか？」

よほど話に夢中になってたらしく、ここまできてやっと、わたしが見ているのに気づいたみたいだった。

「お疲れさまです、2人とも。例のサクシードのソシャゲの話ですか？」

「ですです！　キャラデザ御法彩花メインでやるってことになった件について、完全新規ＩＰにするかミスクロ派生にするかっていうので、もう延々話してまして」

「そうなんだよ、で、当人の斎川はどっちがいいと思う？」

「そんな難しい判断、わたしに求めないでくださいよ……」

意見を言うぐらいはできるけど、このタイミングでどっちかを選んだら、一気にそっちへと傾いちゃいそうな気がする。

で、この九路田という人は、後になってニコ生とかそういうところで、決めたのは御法彩花です！とか絶対言っちゃうんだよ、もう。

「それより、ミスクロのアニメの話ってどうなったんですか？」

「進んではいるよ。でも今ほんっとスタジオが予定取れなくてな。どんなに早くても再来年冬、遅けりゃ4年5年先ってとこになりそうだ」

「アニメ化ってしんどいんですね……」

ハァ、とため息をつくと、竹那珂も苦笑して、

「ちょっと前なら、予算を積んだらなんとかなるってケースもあったんですけどね。今はもう、きちんとしたスタジオは完全に順番待ちです」

「企画がまとまるだけマシ、って感じだね～」

このご時世、お金が集まる企画はそれだけで貴重だ。しっかり売れて人気も出たミスクロは、ここ最近の業界ではほんとに救世主となっていた。

「あ、そうだ。今日のサイン会打ち上げですけど、さっき連絡があって、茉平さんも行けるかもって」

「お、社長来るのか。じゃあさっきの判断、もう決めてもらおうぜ」

「ぜーったいに、うまくかわされると思いますよ～。タケナカ、茉平さんとの付き合い長いですから、わかるんです」

「ハハハ、それは僕が決めることじゃないよね？　とか言いそうですね、たしかに」

「お前、似てるな！　ちょっと恐かったぞマジで！」

今日は、アキさんの新しい画集のサイン会だ。わたしたちは撮影があったから、サイン会の後で合流してから、打ち上げでごいっしょにってことになってたけど、

「これだけ集まるんだから、橋場さん、来て欲しかったですね」

本当に来て欲しい人は、参加予定には入っていなかった。

「まあ無理だろ、アワードまで取っちまったしな。帰りたいって言っても向こうのスタジオが離したがらないだろうし、良くて帰省で2～3泊ってとこだろうな」

「3年ですもんね。もうミスクロも完成して、関連のウェブ会議にも出席しなくなりましたし……」

状況としては、良いことなんだと思う。

アメリカでゲームを作ることになった橋場さんは、その後、アメリカのインディーメーカーで成功を収めた。

1作目のパズルゲームこそ、出来はいいけれどそこそこの人気だったのが、2作目のサイコホラー系の推理アドベンチャーが国内外で大人気となり、満を持して発表した3作目のRPGはついに去年のインディーゲームで最高の売上を達成して、世界各国で翻訳版が出るほどの評判になった。

当然、全作品のディレクションとプロデュースをしている橋場さんの名前は、業界内でも世界レベルで広まり、「注目の日本人」として話題に上るようになった。

だけど、近年では英語圏でのインタビュー以外はあまり応じず、ツイートも基本的に英語のものが多いため、よほどアンテナの広いオタク以外は、そこまで話題にしないという状態だった。

わたしたちにしても、橋場さんの認識はメディア以上のものはなかった。

　個別での連絡は2年ぐらいなかったし、せっかく設置したグループチャットも、ほとんど用をなさないレベルでホコリを被ってしまった。まあ、シンプルにみんな忙しすぎるっていうのが大きな理由だけど、それにしても……と思うのは、アキさんのことだ。

（付き合ってるんだから、もっと連絡してくださいよ、ほんと）

　他人の色恋沙汰に首を突っ込むのは愚かだし、何よりアキさん自身がそう気にしている様子もないから、ことは大きくならずに済んでいるけれど、傍から見ている限りでは、橋場さんからアキさんに何かしらの連絡がいった形跡は、ない。

　不思議な関係、と言ってしまえばそれで終わるんだけど……あの２人には、やっぱり幸せになって欲しいから。

　……と、いうようなことを話したところ、

「その辺のこと、打ち上げで話そうぜ。橋場容疑者を不在のまま追い込んでやろう」

　九路田先輩はノリノリで、欠席裁判をやるつもりだ。

「お、いいじゃないですか！　ソシャゲの話よりよっぽどそっちに取り組みたいですね、わたしは」

「お前には、企画が決まったあとでたっぷりと依頼をしてやるから、覚悟しとけ」

　お仕事がいただけるのは嬉しいんですけれども、担当を河瀬川先輩以外の人にしてもらえるとありがた……いや、あの怖さはそれはそれでクセになるんだけどね。

「じゃあそれまでの間、ここで話、詰めておきましょうか」

「だな、どっちか決めるにしても、さっきのアニメの話もあるし、俺らの間で確定しておきたい」

2人はそう言って、さっきの議論を再開していた。

「あ、じゃあちょっとこっちのスペース借りますね。仕事、進めたいんで」

持ってきたタブレットを広げて、彼らの横で作業を始める。

わたしもイラスト、頑張らなきゃね。少しでもアキさんに近づけるように、そして追い越せるように、いいもの作ろ。

◆

画集を手にした人たちが、ひとり、またひとりと嬉しそうに来てくれる。心の底からありがとうって気持ちを込めて、サインを書く。どの感想もとっても嬉しいけれど、やっぱり、わたしの絵を見て絵を描き始めました、って感想が、すごく嬉しいなって思う。

「秋島（あきしま）先生、お疲れさまです。大盛況ですね」

2冊目の画集の担当をしてくれた宮本（みやもと）さんが、そう言ってねぎらってくれた。

「ありがとうございます。もうそろそろ、時間ですね」

サイン会は、17時で終了の予定だった。今は16時30分だから、片付けなども考えると、あと15分ぐらいで終わる準備を始めるぐらいだ。

「ですね、僕はちょっと店長と挨拶してきますので、戻るまでは店舗のスタッフさんに諸々(もろもろ)お願いしておきます」

わかりました、と答えると、彼は丁寧に頭を下げて会場を出て行った。

ふう、と息をついて椅子に深く腰掛けると、宮本(みやもと)さんと入れ替わりに英子(えいこ)ちゃんが手を振って現れた。

「シノアキ、お疲れさま。今ちょうど、宮本さんとすれ違ったよ」

「ありがと英子ちゃん、全然、疲れとらんよ～」

大学からの友達と会うと、どうしても言葉がゆるくなってしまう。子供っぽいかなって思うけど、みんなだったらいいかなって、つい思ってしまう。

店舗の人たちと顔なじみなのか、英子ちゃんはみんなに挨拶をして回っている。スーツをしっかりと着こなして、かっこいいな～って思う。

「ごめんね、遅くなって。ほんとは最初から来るはずだったんだけど、ミスクロオンラインのバージョン2と被(かぶ)っちゃって。さすがに立場上、会社にいなきゃってね」

「英子ちゃん、偉い人やもんね、仕方なかよ」

会社の役職についてあまりくわしくないんだけど、英子ちゃんはミスクロが完成した後ぐらいで、とても偉くなったって話を聞いた。

社長の茉平さんが直々に頼んで実現したそうだけど、ほんとは、偉くなると現場にいられないからって、断るつもりだったらしい。

「なんかね。肩書きだけは立派になっちゃった。お姉ちゃんと堀井さんからも、受けてあげてくれって頼まれたし、仕方ないよね」

英子ちゃんのお姉ちゃんは、大学でもお世話になった加納先生だ。そんなこと全然知らなかったから、３年前ぐらいに知って、とっても驚いたのを覚えてる。

「堀井さんとのこと、どうなったのかな？」

「あーあれ！　なんか、もう２人とも結婚とか今さらいいか〜ってことになって、時々お互い会ってデートする仲に収まったみたいよ」

そうだったんだ。なんか素敵な関係だなって思った。

「堀井さんのことをつっこんだら、めずらしく照れてたからね。良い武器ができたわ」

英子ちゃん、お姉ちゃんにほんと敵わないって愚痴ってたもんね……。

「ひさしぶりに話してて気づいたけど、わたしのこと名前で呼ぶの、シノアキとナナコとお姉ちゃんだけかもしれない」

「そうやったっけ？　あ、そうかも」

たしかに、他の人たちが名前で呼んでるの、見たことないかも。

「ま、名前呼びは似合わないよね。わたし、そういうキャラじゃないし」

「そんなことないと思うけどな～。英子ちゃんかわいいのに」

「シノアキの100分の1、いや、1000分の1もないわよ、わたしなんて。どうやったら、30代でそんなにかわいくいられるのか教えなさいよ」

「あはは、わたし、ほらちっこいから……」

時々だけど、取材などでそういうことをオフの話題として聞かれることがある。

でも、実はあまり答えようがない。肌が比較的落ち着いてるのはずーっと家にいるからだし、あまりいろんな人と触れ合ってこなかったから、しゃべり方も学生の頃から成長していないしで、これが若く見える秘訣！　なんてのは全然ない。

「お母さんも年齢不詳の人だったし、その辺は似たのかもしれんね～」

そう言って笑うと、英子ちゃんは、少し首をかしげて、

「そういや、さ」

「ん？」

「変な質問だから、答えにくかったら答えなくていいんだけど……シノアキって、どうして恭也のこと、好きになったのかなって」

「ふふっ、それは……おもしろい質問やね」

思わず笑ってしまった。たしかに、周りから見たら、同じ現場によくいたからとか、話す機会が多かったからとか、そういう見られ方をされることが多い。

でも実際のところ、言われるようなことは理由としてそんなに大きくない。

「ちょっと、わかりにくいかもしれないけど……いい？」

「うん、もちろんよ。話してくれるだけで、すごくうれしい」

サイン会に来る人ももういなくなったってことで、英子ちゃんは、脇にあった椅子を持って、わたしの横に座った。じっくり聞こうって態勢だ。

「わたし、子供の頃から自分でしゃべるのが下手やったから、とにかく色んなものを見ようって思ったんよ」

勉強も絵もコミュニケーションも、人に聴いたり話したりして上達するというのが、とにかくできない子供だった。そういうことをできる人が、超能力者みたいに見えた。

だからわたしは「見た」。見ることによって、仕草のひとつや呼吸の仕方ひとつで、人それぞれに色んなものがあるんだって、わかるようになった。

「人もね、見てるとわかってくるんよ」

とにかく説き伏せようとしてくる人の呼吸やタイミング、言葉の選び方、それらは、自分がたとえできなくても、こういう気持ちで来るんだな、というのがわかると、対応はできるようになる。

いつか、お母さんにそういうことを話したことがある。なんでもこなせる弟に比べて、わたしは不器用だったから、お母さんが心配して色々と聞いてくれたんだけど、そうしたら、お母さんもわたしと同じだったって言ってくれて、安心した。

「そのときに、お母さんから言われたんよね」

「どんな……ことを?」

「その場の空気を作ることができる人を、大切にしなさいって」

人の集まりを見ていると、空気を読むのではなく、作ることができる人がまれにいる。そういう人は、あらゆる種類の人たちの痛みや悲しみを、理解はできなくても知ろうとしてくれる、とてもやさしい人だと。お母さん自身も、そういう人を大切にして生きてきたら、すごくいい人生を送れたって。

だけど、中学生、高校生になっても、そんな人には出会えなかった。性別を問わず、ひとりもそんな人はいなかった。

そこまで話すと、英子ちゃんは少し驚いたように、

「じゃあ、橋場が……そうだったってことなの?」

わたしは、ゆっくりうなずく。

「初めて会ったんよ、そんな人に」

恭也くんは、いつも一歩引いたところから見ていて、自分のことよりも他人のことを考

えているような人だった。だから、人よりもずっと疲れることもあったし、誰も見ていないところで、苦しさを漏らしていることもあった。

『亜貴、お母さんね、昔、人生をやり直したことがあったのよ』

『え、タイムスリップ、っていうこと？』

『ふふっ、そうじゃないけど、そういうつもりでね』

お母さんは昔、自分の望まない仕事をしていたことがあって、それですごく、不満が溜まってた。そんな頃にお父さんと出会って、やりたいことを思い切って打ち明けたら、僕と一緒に頑張ろうよ、好きなことをやろうって言われたって。

その話が、恭也くんと重なった。

いつも、わたしが何かを作ることをすごく喜んでくれて、真剣に考えてくれる人。

そして、一緒に作ってくれる人。

長い人生をいっしょに過ごすって考えたときに、わたしはこの人以外、それをする人が考えられなかったから。

「だから、恭也くんを好きになったんよ。これで……答えになった？」

伝わったかどうかちょっと不安だったけど、英子ちゃんはとってもやさしい顔で、

「シノアキのこと、わたし、何も知らなかったのね」

「そうなの？」

かった。

「ええ。今、昔よりもさらにもっと好きになったもの」

よかった。嬉しくて、これが外じゃなかったら、英子ちゃんに抱きついてたかもしれなかった。

「だとしたらあいつ、さっさと帰ってこなきゃいけないわよね、ほんと」

「そうやね。でも……お互いに何か作ってるってことがわかってたら、それでええんよ」

さみしいなって気持ちはたしかにある。でもそれ以上に、恭也くんにはずっと、何かを作ってて欲しいって気持ちの方が、わたしには強い。

連絡を常に取り合ってるわけじゃないけれど、お互いの作品が完成したときは、直接、感想を伝えることにしてる。それで、ちゃんと伝わるから。

「だから、ええんよ。恭也くんがいいって思ったら、帰ってくるはずだから」

「……そっか、わかった」

英子ちゃんも笑って、うなずいてくれた。

「あ、ちょっと電話。出てくるわね」

うん、と答えて手を振った。英子ちゃんは部屋の隅の方で、何かをしゃべりに行った。

もうそろそろ閉場かなと思って入口を見ていたら、突然、

「シノアキ～!!　サイン会おっつかれ～～～!!!」

「おう、悪いな!!　渋滞にハマってめっちゃ遅れたわ！」

とっても賑やかな2人が、楽しそうに駆けつけてくれた。

「ナナコちゃん、貫之くん！　ありがと〜!!」

2人と手を取り合って、喜ぶ。

「直接会うの、1年ぶりだっけ？　ミスクロの完成パーティー以来とかだよね？」

「あ、そうだわ。俺も2の企画会議でちょこっと話したぐらいだからな」

「うん、ほんとひさしぶりやね〜」

「ねー聞いてよシノアキ！　こいつさあ、俺の車で行けば早いからって言うから、赤坂のスタジオで待ち合わせにしたんだけどもうめっっっっっちゃ待たされて、それで1時間遅れちゃったの！」

「しょうがねえだろ！　あまり都心まで車で出ねえ上に、今日はさゆりがめっちゃ機嫌悪かったから、それなだめて出てくるの大変だったんだぞ！」

「ずっと執筆ばっかりで奥さんといっしょにいてあげないからでしょ！　ちゃんとケアしてあげなさいよね！」

「うるせえ！　あ、そういやあれ河瀬川か、誰かに電話してんのか？」

「そうみたいやよ、お仕事じゃないかな〜」

「打ち上げで竹那珂ちゃんとか九路田も来るみたいだし、楽しみね！」

一気に、サイン会場が学生の頃みたいになった。

こうなってくると、ちょっとだけ、「いないな」って思ってしまう。

恭也くんがアメリカに行って、普段は彼がいないことも理解できているんだけど、ごくたまにみんなで集まるときは、あの声が聞きたくなってしまう。

ごめんね、みんな、って。

謝ってるのに、いつの間にか、恭也くんがこうしたい、っていう言葉にみんなが連れて行かれて、それでニコニコしてるのが、楽しかった。

（いつになるのかな、恭也くん）

戻ってきて必ず、何かを作ろう。

その約束を、わたしはずっと覚えている。

「ちょ、ちょっとみんな！」

英子ちゃんが、スマホを握りしめて、こっちに近づいてきた。

「おー、英子ひさしぶりぃ！」

「河瀬川、来週の打ち合わせのこと、ちょっとあとで時間を」

「ごめん、後にして！　これ、見て欲しいんだけど……！」

言って、スマホの画面をみんなに見えるように差し出した。

「茉平社長からの電話で、あの記事見ましたかって言われて、それでこのＵＲＬを送ってもらって」

「何これ、英語の記事？」

「インディーメーカーの最新情報出してるとこか、えーと、キョウヤハシバ、インディーメーカー・グランテスの代表を辞任、やりたいことがあるからと理由を……」

みんなで、思わず顔を見合わせた。

「え、これって」

「恭也が、アメリカのメーカーを辞めたって記事だよな。ついさっき、配信されたのか」

「そしたら、恭也くんはこっちに……？」

スマホを囲んで、みんなが呆然としている。

どこか信じられない思いを抱える中、ふと、店舗のスタッフさんが、こっちに向かって声をかけてきた。

「秋島先生、ちょっと時間ギリギリなんですけど、もう1人、サインをお願いしたいって方がいらっしゃってるんですが……」

「あ、はい、もちろんいいですよ、通してください――」

会場のある3階へのエレベーターが到着し、足音が廊下に響いた。

わたしを含めたみんなが、一瞬、そちらに注目した。

息を、飲んだ。

長い間、歩き続けてきて、気づいたことがある。
どうして、つらい思いをしながらも、ものを作ることをやめないんだろうって。
それは、生きているから。その証として、ものを作っているのかなって、思う。
誰かとそれを共有したいのは、僕が生きていることを確かめて欲しいから。
だからこそ、作ることを認めてくれる人はとても大切な存在なんだって。
前に出かけたきり、この言葉をずっと言えずにいた。
万感の思いを込めて、ハッキリと今、声に出す。

「ただいま」

何かを作るって、とてもさみしい。
たとえみんなで作るものであっても、最後には1人になってしまう。
だからこそ、帰れる場所があるのは大切なことで、
彼はそれを、わたしのために作ってくれたし、
わたしもまた、彼のために帰る場所を守ってきた。
だから、もしそのときが来たら、最初にこれを言わなきゃって、ずっと思ってた。
準備しておいて、よかった。

「おかえりなさい」

ぼくたちのリメイク
STAFF

著者
木緒なち

イラスト
えれっと

担当編集
武石広平
稲葉純汰

コミカライズ
閃凡人

コミカライズ担当編集
小島英紀（講談社）
梅津理一郎（講談社）

スペシャルサンクス
なつめえり
sune
兎鞠まり
リムコロ
魔王マグロナ
大阪芸術大学
講談社　月刊少年シリウス編集部
MF文庫J編集部
アニメ　ぼくたちのリメイク製作委員会
アニメ版制作関係各位
大切な友人たち
読者の皆様

本作に関わったすべての皆様に
深くお礼を申し上げます。

2023年、冬から春にかけてのある日。

深夜、高速バスに揺られて、俺は西へ向かっていた。

周りはこれから旅行にでも出かけるのか、楽しげな若い連中ばかりだったけど、俺は完全に正反対の、絶望の中にあった。

夢があった。VTuberの事務所を作って、そこでライバーを集めて、誰もがここにいたいと思えるような、そういう場を作ろうって。

だけど現実は厳しかった。登録者数は増えず、ライバー同士揉めたり色恋沙汰があったり、果てには問題発言によって炎上し、事務所は度々、存亡の危機に晒された。仕事をして貯めた資金は、見る間に減っていった。それでも、残ってくれているライバーのためにと、自分の給料をカットしてでも、企画を作り案件を探した。

しかし最後は、その残ったライバーの1人から裏切られた。共同で運営をしていた人間に金を持ち逃げされ、そいつといっしょにどこかへ逃亡したらしい。運転資金がゼロになり、俺は最後に残った人に説明をして、事務所をたたんだ。なんとか方々から金を借りて最後の支払いはできたものの、ただただ、やるせなさだけが残った。

何かができたわけではなかった。自身が配信者だったり、絵を描いたりできたわけじゃなく、それでもプロデュースという職業なら、やっていけるんじゃないかって思っていた。でもそれは、幻想でしかなかった。

そして最後に残った金で、俺は実家に帰ることにした。家賃がもったいないし、働いて金を稼ぐためにだ。だけど、その金で何をするかは、何も決まっていない。ただ、金を返すために闇雲に働くというだけだ。そこには夢も希望も、ない。

「ん、何だ……？」

そのとき、ポケットに入れていたスマホがブルッと震えた。

通知だった。大手配信サイトの、登録チャンネルの配信を知らせる内容だった。

「ああ、今日だったのか、発表」

さして感動もなく、配信のリンクをたどる。カーテンで周りを遮っているので、イヤホンで音声を聞けば、動画を観ても迷惑にはならないだろう。

サクシードの配信だった。

ライバー系の仕事をしたいと思っていた俺だったけど、ゲームは元々大好きだった。そもそも実況界隈に興味を持ったのも、ゲーム関連の動画を漁っていたところからだし、ずっと興味を持ち続けていた。

ここ最近で大手にまで躍進したサクシード。そこにはある神話めいたものがあって、俺はその中心にいる人に、ずっとあこがれていた。

「橋場恭也、出てくるのかな」

いつも、大きめの発表には必ず出席していたので、おそらく今日も出てくるだろうと思われた。

大芸大に在籍していた頃から、同人で爆発的に売れたゲームを作ったり、とんでもない再生数を叩きだした伝説の動画を作ったりし、卒業してからは一般の会社を立ち上げたものの、その後、大学の仲間たちと大作ゲームの企画を進めたかと思ったら、今度はやりたいことがあるとアメリカに行き、そこでインディーゲームの賞を取った。

2年前ぐらいから帰国して、そこからはサクシードの企画職として働き、名プロデューサーとして知られている。

こうやって思い出してみるだけでも、チートを疑われるレベルの経歴の持ち主だ。

「こんな風に、なれればいいよなあ」

思うだけで、俺なんかは遥か下の世界にいるんだけれど。

生配信は、本部長という肩書きのきれいな女性と、アシスタントを名乗る有名な筋肉系配信者の2人で進められていた。

そして、配信が20分ほど経ったところで、

「あ、来た……」

その橋場恭也が、登場したのだった。

「どうもこんばんは、橋場です」

いつも通りの、控えめで、だけどしっかりした話し方。こういう大人になりたいなと思うものの、全然近づけなかった。

「橋場、お子さんの誕生、おめでとう！」

「ありがとう、お祝いまでしてもらっちゃって」

「名前、なんだっけ？　娘さんなんだよね」

「はい。配信じゃ言えないですけど、名前はもうずっと前から決めていました」

配信では、橋場恭也のお子さんが誕生した、という話題で盛り上がっていた。

奥さんはたしか、大人気絵師の秋島シノだったはずだ。アイドル的な人気のある人で、最近は自らＶの身体をデザインして始めた配信が受けまくってて、文字通りママと呼ばれて配信界を席巻していた。

思わず、大きなため息をついた。

何もかもが、違いすぎる。

「俺とは無縁だよ」

配信は、新作ゲームの紹介を経て、最後にリスナーからの投稿を紹介し、それに答えるというコーナーになった。

「えーと、橋場さんに質問です。僕はやりたいことがあってそれに向かって頑張っているのですが、失敗続きで、何をしても無駄だと思うようになりました。モチベも最低なのですが、どうしたらいいでしょうか？」

ちょっと、驚いた。俺かよって思った。

「うーん、そうですね」

橋場恭也は答えを考えていた。そりゃ、これだけ何でもできる人だったら、答えるのは難しいだろうな。きっと、想像すらできないだろうし。

聞くだけ無駄か。そう思って、もう配信を切ろうと思ったとき、

「あの、まず言っておきたいことなんですが」

彼の声が、イヤホンから耳に強く響いた。

「僕は、これまでにとんでもない失敗を山のようにしてきました。友達を失うこともあったし、自分で自分を見失うこともありました。大学を出て、クリエイティブの世界から離れたのも、自信を失ったからそうしたんです」

意外だった。そんなに失敗ばかりしていたのか、この人は。

「でも、ある人から言われたんです。この世には、無駄なことなんかひとつだってないって。言われてみれば、失敗して何もかもなくなったと思ったときも、落ち着いて見てみれば、きちんと何か、残っていたんです」

この場で出た嘘エピソードかなと疑ったが、脇にいる2人も、そろって神妙な顔でうなずいていた。どうやら、本当のことらしかった。

「それで、失敗しても何かあるはずだと思って探して、エンタメの中、作品の中から、いつも答えを探し出してきたんです。だから、自信を持って言います」

すっと息を吸い込んで、橋場恭也は言った。

「人生は、何度だって作り直せるんです」

俺は、黙って配信を切った。スマホを胸ポケットにしまって、真っ暗で何もない夜景をただじっと見続けた。

笑わせせんな。成功したからそんなことが言えるんだろ。後出しジャンケンでなら、どんなきれいごとも言えるだろうさ。ここまで完膚なきまでに何もなくなった俺にも、そんなことが言えるっていうのか？

「くそっ、ふざけんなよ……」

なのになんで、心が熱くなってきたんだ。まだいけるかもなんて、無謀な夢をまた抱き始めたんだろうか。

熱くなってきた心に反応したのかと思うぐらい、ちょうどのタイミングでスマホが震えた。通知だ。あわてて胸ポケットから取り出し、画面を見る。

「メール……？」

誰からだろうと思い、発信者を確認した。

目を疑った。

つい昨日、事務所の解散を言い渡した、女性ライバーの1人だった。その際は何も言わず、ただ黙って去っていったから、きっと俺を憎んで、蔑んでいたんだろうって思っていた、そんな1人だった。

メッセージは、シンプルだった。

「代表、わたし、まだ配信続けます。もし代表がまた何かやろうって思ったら、連絡ください。いっしょに何かしましょう」

特にねぎらいの言葉も、よくやってくれましたの言葉もなかった。

だけど俺には、何よりも嬉しい言葉だった。

「あったじゃん……未来が」

無駄じゃなかった。やってきたことが、少しでも先に繋がった。

やってやろう。作り直そう。あのプロデューサーが言ったように、人生を何度でも作り直してやろう。俺には、なんだって自由にできるんだ。生きている限り、なんだって作れるんだ。そしてまた、燃えさかる何かができたら、彼女にメッセージを送ろう。

涙があふれてきた。うっとうしいなと思いながらも、俺は嬉しかった。さっきまでは、そんなものすら枯れていたんだ。今はもう、何もかもが愛おしかった。永遠に着かなくてもいいと思っていたバスが、少しでも早く目的地に着けばいいと、思うようになった。

「ぜってえ、なんとかするぞ」

弱々しいけど、決意の言葉を吐いた。いつかこの日が、この言葉が、神話になるまで。

俺はやってやるんだ、絶対に。


バスは夜の闇を駆けていく。どこまでも走り続ける。

やがてそれは朝に向かい、目的地へと着くのだろう。

その先に未来があると、乗っている皆が信じる限り。

ぼくたちのリメイク　完

あとがき

ぼくたちのリメイク、この12巻をもって完結となります。長く長くお付き合いくださった皆様には、心よりお礼を申し上げます。

作品を完成まで導いた戦友の方々については、別のページで謝辞を述べることにしました。これまで各巻、あとがきで書いてきたことはそのページに任せまして、ここではこの作品における、テーマに関することを改めて書き記そうと思います。作者の自分語りなどに興味はない、という方は、このページで本作に終止符を打ってください。それもまた、読者の権利でもありますので。

では、僭越ながら始めます。

創作をテーマにした作品を始めようと思ったのは、当初、軽い気持ちからでした。創作系のラノベが流行しているし、下世話な言い方ですが、それに乗っかろうとしたところもあります。しかし、すぐにそれを後悔しました。

このテーマは、何よりも重く難しいことに気づいたのです。この作品で語る創作論は、フィクションでありながらも、作者と同一と見なされます。それはどうしても避けられないことです。となると、適当なことは一切書けません。恭也が作ったものはゲームを中心にいくつかありますが、それに説得力を与えるのが本当に大変でした。

そして巻を重ねるごとに、恭也の心情はどんどんリアルへと近づいてきました。実際の年齢も重なり、この場だったら、作者である僕はどう言うだろう、それをふまえた上で、恭也はどう言うのだろうと、二段構えの思考をするようになりました。当然、負担になって夢にまで見るようになりました。（河瀬川とのデートの夢でも見れば最高によかったのですが、よりによって見たのは茉平社長から会議室で詰問される夢でした）

アニメ化が決まり、巻数も更に増えました。僕はこの辺りで、βも含めて15巻で終わるという構想を決めました。それ以上の巻を続けると、きっともう現実の僕を追い越して、創作論が手の届かないところに行ってしまうと感じたからです。

そしてストーリーは完結を迎えました。最後の2巻、11巻と12巻は、これまでのあらゆることをすべて詰め込んだものとなりました。シンプルなハッピーエンドではなく時間を必要としたのは、先に述べた通り、感情や展開をリアルに寄せたからです。たとえエンタメだとしてもリアリティのない幸せを描くのは、この物語に対しての裏切りになると思ったからでした。

過去と未来の関係も含め、僕なりの筋を通したと感じて頂ければ幸いです。

キャラクターの名前に関するネタを少々。

基本、ぼくリメに登場するキャラクターは、語感の良さ、文字にしたときのバランスを考えて付けていましたが、中盤以降、主人公に強い影響を与えるキャラについては、多少の法則性をもって付けていきました。

本編シリーズでは、歴史上の人物。そして、βでは尊敬するゲームクリエイターの方々です。βについてはそのままなので、ここであえて書かなくてもいいでしょう。本編における歴史上の人物ですが、まずは橋場恭也、これは『羽柴』から取っています。

となると、これは秀吉？　と思われるかもしれませんが、僕が想定していたのは、その弟、秀長です。

この弟は、その実あまり一般的な知名度を得ていません。しかし、もう少し長く生きていたら、徳川の世は来なかったか、来たとしてももっと遅かったのではと言われるほど、調整役として有能であったと言われています。

僕はこの人物がとても好きで、評伝などを読むうちに、いつか何かの形で物語に出そうと思っていました。恭也と秀長はもちろん異なる性格ですが、立ち位置や人望などの点で、何かしら共通点を感じて頂ければ幸いです。

九路田と竹那珂は、そのまま黒田官兵衛と竹中半兵衛ですね。共に有能で、恭也に近いところで腕を振るうところなどを見越して付けました。九路田の側近には母里友信から盛戸なんてのもいましたし、５巻で登場した芝多とか松永……あとはみなさんで探してみてください。

　そして、ラスボスである茉平康。これはわかりやすいですね。茉平＝松平、康＝家康です。羽柴、つまり豊臣の永遠のライバルということで、この名となりました。

　キャラクターの名前というのは、最初は付けやすくても後になるほど付けにくくなるものです。単にネタ切れもあるのですが、話が進むと名前にも意味合いを持たせたくなってくるからです。なので、今作のように何かの元ネタを下敷きにしておくと、立ち位置などから比較的付けやすくなりました。

　そしてこの項のラストに、もっとも仕込まれたキャラ名の話をします。登美丘罫子、ケーコさんです。

　読み終えた方ならおわかりかと思いますが、彼女は茉平澪という存在に強い関わりがあります。そこに、時間に関わるワードである『過去』と『時計』を合わせます。澪、時計、過去。みお、とけい、かこ。みおとけいかこ。とみおかけいこ……こんな感じで隠れていたんですね。

　あと、登美丘は大阪北部の地名、澪は、大阪市章ともなっている澪標を意識しました。良い感じにネタがハマったので、満足しています。

最後に、これから創作へ挑もうとする方へ。

僕はこの作品で、2つの孤独を味わっています。

1つ目は執筆当初。何の評価も聞こえず、このまま打ち切りになるのかという絶望の淵(ふち)を経験しました。

2つ目はアニメが終わったあと。作品が過去のものとなり、話題にする人も減り、歓喜の輪からはじき出されるような思いをしました。

そもそもクリエイティブとは孤独なものです。誰からも理解されず、1人で突き詰めて示さなければならないものです。だからこそ、追い詰められて孤独の中に置き去られた人の思いを代弁し、他の何かでは代えがたい力を与えることができるのです。作者と読者、1対1で向き合うことが可能なのは、小説というメディアの特異性であり、代えがたい魅力なのです。

2つの孤独をぼくリメで味わった僕は、ぼくリメを書くことでその孤独にケリをつけました。読んでくださる方々がいらっしゃることをしっかりと噛(か)みしめ、思いを届けなければという使命感を得ました。そうした、あらゆることがない交ぜになり生まれた力を、僕は総じて「熱」と表現しました。

熱は収まることもあれば、湧き上がることもあります。ひとたび収まることがあっても、心にくべる薪が揃えば、また熱は蘇ります。そしてそれは、孤独である自分の中にこそ存在するものなのだと、今、ひとりぼっちで戦っている人に知って欲しいのです。

きっかけは、誰かによるものかもしれない。世にある作品からかもしれない。でも、そもそも火を付けようという自分がいなければ、それはすぐに消えてしまうのです。

すべては作品の中にある。すべては自分の中にある。

燃やすも冷やすも、自分次第です。

あなたが創作に向き合うとき、悔いなく自分の中にあるものを燃やし、何ものにも揺るがされない灼熱を得ることを、心から願っています。

充実した7年間でした。またどこかの作品で会えるのを楽しみにしています。

それまでどうか、お元気で。

木緒なち　拝

✿あとがき✿

このたびは、
『ぼくたちのリメイク ～おかえりなさい～』を
手に取っていただきありがとうございます！

ついにこの作品もグランドフィナーレ。
木緒さんが生み出した物語のバトンを受け取ると、
物語を楽しみながら、また同時に挿絵担当として
イラストを描きながら、二重の形でクリエイターという
人間について毎回考えさせられました。

楽しくて、嬉しくて、でも不安で、すごく大変で――
でもやっぱり楽しいんだよなぁ～～！！

回を追うごとに悩みや葛藤を積み重ねて
成長していく恭也たちがとても愛おしく、共感を覚え、
何より痛快でした！！ 木緒さんはやっぱ最☆高だぜ！

ここまで読んでくれた皆様、本当に
ありがとうございました――！！

Special Thanks
担当編集 Tさん，Iさん
イラストレーター友だち なつめえりさん

2023.3
えれっと

ファンレター、作品のご感想をお待ちしています

あて先

〒102-0071　東京都千代田区富士見2-13-12
株式会社KADOKAWA　MF文庫J編集部気付
「木緒なち先生」係　「えれっと先生」係

MF文庫J

ぼくたちのリメイク12
「おかえりなさい」

2023年 3月25日　初版発行

著者　木緒なち

発行者　山下直久

発行　株式会社 KADOKAWA
〒102-8177 東京都千代田区富士見 2-13-3
0570-002-301（ナビダイヤル）

印刷　株式会社広済堂ネクスト

製本　株式会社広済堂ネクスト

Printed in Japan　ISBN 978-4-04-682323-6 C0193

●お問い合わせ
https://www.kadokawa.co.jp/（「お問い合わせ」へお進みください）
※内容によっては、お答えできない場合があります。
※サポートは日本国内のみとさせていただきます。
※Japanese text only

◇◇◇